金华·诗歌

双年选

2019—2020

冰 水 严敬华 主编

北方联合出版传媒（集团）股份有限公司
春风文艺出版社
·沈阳·

图书在版编目（CIP）数据

金华诗歌双年选 . 2019—2020 / 冰水，严敬华主编 . — 沈阳：春风文艺出版社，2024.2（重印）
ISBN 978-7-5313-6025-4

Ⅰ . ①金… Ⅱ . ①冰… ②严… Ⅲ . ①诗集－中国－当代 Ⅳ . ①I227

中国版本图书馆CIP数据核字（2021）第134804号

北方联合出版传媒（集团）股份有限公司
春风文艺出版社出版发行
沈阳市和平区十一纬路25号　　邮编：110003
三河市嵩川印刷有限公司

责任编辑：韩　喆	责任校对：陈　杰
装帧设计：四川悟阅文化传播有限公司	幅面尺寸：165mm×235mm
印　　张：19.5	字　　数：260千字
版　　次：2021年8月第1版	印　　次：2024年2月第2次
书　　号：ISBN 978-7-5313-6025-4	定　　价：59.00元

版权专有　　侵权必究　　举报电话：024-23284391
如有质量问题，请拨打电话：024-23284384

编委名单

主编单位：金华市作家协会诗歌创作委员会

编　　委：（按姓氏笔画）
　　　　　　伊有喜　冰　水　严敬华　李　英
　　　　　　吴警兵　章锦水
主　　编：冰　水　严敬华
编　　辑：（按姓氏笔画）
　　　　　　二　胡　伊有喜　吴警兵　陈星光
　　　　　　鄢子和　蓉　儿

致敬金华诗人（序一）

《金华诗歌双年选（2019—2020）》即将出版，这是金华市作协诗歌创委会的第二部双年选作品集。它让我们看到，金华诗歌继续保持着强劲的发展态势和生长活力，这些作品以积极的姿态和更趋完善的品质，成为金华诗歌这片沃野上的绿洲和风景。

2020年是诗坛泰斗、人民诗人艾青诞生110周年，中国诗歌学会向全国诗人发出倡议，把每年5月定为"中国诗歌艾青月"。金华诗歌活动方兴未艾，开展了一系列采风、研讨活动：兰溪举行首届童诗中国（兰溪）论坛活动，被授予"中国诗歌之城"称号；义乌举办了第二届义乌骆宾王国际儿童诗歌大赛，影响深远；磐安举办了第二届"盘峰诗会"，形成了颇有特色的"盘峰论坛"；义乌容艺文化连续6年举办"容艺文化"诗歌节；武义开展了"明招文化之旅"采风，创作了一批诗歌作品；婺城、永康、东阳、浦江等地举办了多场诗歌采风活动。这些活动是金华诗歌实践常态化的呈现，是金华诗歌活动兴盛与活跃的标志。

《金华诗歌双年选》展示了金华诗群的活力和成果。新时期以来，金华诗群迅速崛起，并呈现出良好的发展态势，这里集结了一大批优秀的诗人，老中青少四代诗人创作出了大量优秀的诗作。陈人杰曾获第七届鲁迅文学奖提名奖等许多重要奖项，担任西藏历史上首部大型史诗性音乐组歌《极地放歌中国梦》的文学总监，他的西藏题材诗歌透露出沧海桑田，时代变迁，大气、真诚、动人。吴重生多年来一直坚持诗歌创作，诗集《捕星录》《捕云录》被誉为诗人心中的"星辰云海"，好评如潮。

诗人木汀近年来致力于金华的诗歌活动，在组织采风、研讨、推荐等方面做了大量工作，同时每年都有大量诗作问世，形成了自己独特的诗风。诗人西渡，诗歌创作和评论颇有建树。义乌籍诗人杨达寿著作丰厚，又热心于家乡文学事业发展。金华的老诗人洪铁城等一批老诗人每年都有新作，让人心生感动。章锦水、陈兴兵、吴警兵、鄢子和、蒋伟文等既是地方作协的"领头雁"，又是优秀的诗人，他们对当地诗群建设都做出了积极贡献。邹伟平一直以来以散文和人物传记见长，近年来涉猎诗坛，诗歌中不乏哲理火花。徐进科依然保持着"杭大青年诗人"那份追求和执着。吕煊近年来致力于70后中国汉诗编选、研究，成果初见端倪。严敬华是金华诗坛颇受关注的诗人，每年都有大量诗作问世。东阳诗盟的二胡、陈益林、胡永清、李晓春、陈全洪、陈剑、兮木都以各自的力作回馈东阳这片大地。

金华诗坛还活跃着一群女诗人，她们表现不俗，引人注目。杨方曾经是首都师范大学驻校诗人，曾获《诗刊》青年诗歌奖。金华女诗人周亚是一位唯美的诗人，她精心打造的《理想者》，自称与诗歌谈了一场旷日持久的恋爱。冰水的诗歌创作被称为诗歌界"一个突然的奇迹"，从美文创作到诗歌建树，体现了她的诗人情怀。冷盈袖的诗歌向来被关注，有她"骨与朵"的特质。蓉儿每年都有大量诗歌作品问世，同时又十分热心诗歌活动。李俏红是文学方面的多面手，在诗歌创作上也有不俗的成绩，她的《冬天的日记本》荣获第二届义乌骆宾王国际儿童诗歌大赛成人组奖项。活跃在金华诗坛的女诗人还有南蛮玉、卢艳艳、陈美云、罗帆、红朵、张平、吕端伊、张彩飞、滕美华、洪群晓、罗璟玢、邵彩菊、朱思莹、张春林、陈小如、怜子、清荷、朱惠英等，她们中不乏近年来崭露头角的新诗人。

还有一个不得不提的现象是，一批80后、90后、00后青年诗人正在金华诗坛崭露头角。如朱德康、朱惠英、陈美云、胡了了、罗帆、许梦熊、沧海桑田、吕端伊、苏夏、姚徐刚、清荷、窗户、张乾东等，他们已经成为金华诗坛的中坚力量，其诗歌热情奔放，生活气息浓郁，更为难能可贵的是他们具有独特的个性和深刻的思想，自觉建构个体性的诗歌世界，充分展示了他们的实力与潜力，体现了诗人基于生活、写作实践思考的诗学追求。

通览《金华诗歌双年选》，字字珠玑，篇篇精彩，我的阅读难免有遗漏之憾，但不管怎样都让我惊喜和赞许，于是就有一份兴奋和激动，有了一份感慨和敬畏，唯有希望金华诗坛常青，把《金华诗歌双年选》做成品牌，成为金华诗人的集结地、百花园，彰显金华诗人的诗学追求和价值。

祝愿，《金华诗歌双年选》越编越好；致敬，每一位金华诗人。

李　英

（作者系金华市作家协会主席）

大风起兮（序二）

上午，省电视台诗路文化采访组来访。

围着几杯热腾腾的新茶，我们在商议电视片拍摄大纲，溯寻诗路文化的源头，探找一脉钱塘的诗迹与当代文明的接口。

我想，这是金华诗歌历史与当下的一次聚首、对话与赋能。

浙江诗路文化是以诗词文化为主线，结合水系古道、串联各地旖旎风光的富有诗情画意的山水旅游文化。

金华是系在钱塘江诗路上的一个"金丝扣"。自古以来，作为钱塘水系重要一支的婺江，所承载的历史、人文、风情、美景，是一部部精彩华章，汇编了丰富的婺地文化。

骆宾王、张志和、贯休、吕祖谦、陈亮、宋濂、李渔、吴绛雪、冯雪峰、艾青等，千百年来，灿烂的历史星空中闪烁着他们的光辉。他们的不朽诗篇已成了滋养我们文化的营养酵母，乃至我们赖以传承的文化基因或文明推进的文字密码。

在这片古老的土地上，我们以子孙延绵的姿态、以现在进行时的语态，生存，成长，思考，写作与接力。每一个汉字都蕴涵他们遗传的信息与思想，每一个词、句都糅合了地理、人文独特的气质与价值。

可以说，诗歌是我们穿越时空的共同呼吸。

而与这场热烈讨论形成鲜明对比的，是此时放在案头上的这部《金华诗歌双年选（2019—2020）》静静的打印稿。它始终在聆听。

客人走后，茶水渐凉。我不知道该如何冷静地思考这部书存在的必要与意义,更不知如何预判它将在婺江诗路演进中的角色与地位。

2019年至2020年,它在时间的纵轴上可以划成两个时代:前疫情时代与疫情时代。诗人们都经历了什么?会吟咏些什么?会改变些什么?将会为后世留下些什么?

古语有云:"国家不幸诗家幸。"80位诗人,一支不小的合唱团;80个不同的声部,一个宏大而丰富的交响。"而今天,我相信造物主确定让我/交出嗓音。我要动用全部灵感"(冰水《献词》)。我相信每个声部、每一条声线都是诗人"交出的嗓音",独特的,富有魅力的,都在撞击生活与心灵。"俯下身来/把心中尘土交给大地/把黑暗地段/用光芒一寸寸走过",身在高原的金华诗人陈人杰,似乎为诗人们设定了这个疫情时代必须有的生活姿态与精神高度。

的确,翻读选本有一种惊喜:困惑、迷惘、偏执、无奈、痛苦并没有击倒诗人的信心。情感、际遇、道义、使命,任何时候都与诗人、诗歌一起在场,一起笔歌墨舞。诗中充盈着悲悯、良知的情怀当量与诗歌赖以立足的旨趣、志向能量。看得出来,八婺大地上的这群人始终是清醒的思想者与书写者,互联网时代的我们早已冲出了盆地而放眼世界。没有自满,也不谦逊。这个时代赋予我们的,照单签收;这个时代要求我们的,砥砺而为。

有趣的灵魂终将在纸上落下他(她)的影子。近来我在诗译宋代陈亮词时更深刻地认识到这点。一个人的诗歌文本,总在泄露他(她)内心的隐秘。不须窥探,诗的功能仿佛就是宣泄与表达。这些有趣的人在文字的海洋里游泳,激起了一波波浪花。所有的动力仿佛来自身处的时代。

是的,这是变幻着的时代:物质资讯、电子传播、新冠病毒、太空战、汇率战、贸易战等,一切不因领域陌生而能远离,然而,我们总在坚守自己认为应该坚守的东西。

想着,想着。起身再往茶杯里续热水,猛然想起客人已走远,不禁莞尔。

诗路文化或是另一种意义上的江河?源远流长,飞流直下几千年,我们是否能在这个时代中流击楫?能否为下一个世纪续接文脉?这是一个大命题,有待时间的检判。大风起兮,眼前我们权且先把这本《金华诗歌双年选》抛向云端,看是否能飞扬起来,飞得多远。

章锦水

CONTENTS 目录

金 华

陈人杰	003 /	世界屋脊的瓦片下（组诗）
陈美云	010 /	一根藤的启示（外一首）
	011 /	风声没有因为叶落而噤声
邓志鹏	013 /	山谷里的云朵（组诗）
红　朵	016 /	一辈子的草那么多
	016 /	我所深爱的，早已磨损
胡了了	019 /	深夜的诗
	020 /	摇　椅
坤　宇	022 /	母亲的菜地
	022 /	懒丝瓜
	023 /	如　果
李东山	025 /	夏　荷
李俏红	027 /	碎片人生（组诗）
罗　帆	030 /	雨中神色
	030 /	欺骗性的面积
	031 /	新来的农夫

001

	031 /	灰白云的交替
吕　煊	033 /	马铃薯种在花盆里
	033 /	在武义田庐遇见白鹭
	034 /	木坦在岩宕里静默
	035 /	草　堂
木　汀	037 /	我该是草原的孩子
南蛮玉	039 /	青鸟有信（组诗）
苏洪生	042 /	村中的池塘
	042 /	茶树下
	043 /	初冬的茶园
许梦熊	045 /	锄地农夫
	045 /	冬天的房子
	046 /	雾中风景
	046 /	尤利西斯的凝视
	047 /	倒　影
	047 /	祖先的树
	048 /	雪山下
伊有喜	050 /	暮　色
	050 /	野麦黄黄
	051 /	在玉泉寺想起我的母亲
	052 /	我的母亲比我神奇
	052 /	老　者
	053 /	三江口
张　乎	055 /	风泪眼
	056 /	独坐水边
	056 /	野　花
	057 /	影　子
周　亚	059 /	五月的天穹下
	059 /	风之花
	060 /	夏　日

朱德康	062 /	那时的家园
	063 /	微笑流淌在了时光里
徐进科	065 /	我不失望

东 阳

蔡伟华	069 /	有个地方总让我牵肠挂肚
沧海桑田	071 /	不是每一粒种子都有收获
陈 剑	073 /	牡丹花开
	073 /	感 染
	073 /	挺 好
	074 /	隆 冬
陈全洪	076 /	相 爱
	077 /	风 眼
	077 /	民谣之城
	078 /	蝴 蝶
陈益林	080 /	冷，也是生活的一种理由
	080 /	松 下
二 胡	083 /	姐姐十四行
洪铁城	088 /	东水西流
胡永清	094 /	卢宅故里（组诗）
李晓春	098 /	红 果
	098 /	在江边
	099 /	单 杠
卢艳艳	101 /	绿萝的繁殖
	101 /	风中的竹
吕端伊	104 /	太 阳
	104 /	一棵被网住的无花果树
	105 /	星 星

003

兮 木	107 /	给女儿之二月二
	107 /	时　轮
	108 /	一片雪花穿膛而过
	109 /	新春帖

兰　溪

北 溟	113 /	黑暗的暗
	113 /	观察一棵树
	114 /	沉　思
陈兴兵	116 /	中秋夜，想和李渔一起看月亮
楚　戈	121 /	临水而居（外二首）
金　晓	124 /	茶　韵
	125 /	想象一朵莲花
林隐君	127 /	和友人谈改革开放四十年
	128 /	宫　殿
苏　夏	130 /	向着黎明出发
严敬华	133 /	银杏叶落的午后
	133 /	靠近时雨巷
	134 /	渡
	135 /	我们以诗，邀约春天百花开

磐　安

李宝山	139 /	致妻子
	140 /	家乡的边缘
滕美华	142 /	海棠和樱花
	142 /	胡颓子

	143 /	仲　夏
吴警兵	145 /	大海，有它小小的偏执
	145 /	秋　月
	146 /	怀疑是不可言说的真实
	146 /	在无念岛
	147 /	香油洲
姚徐刚	149 /	等　你
	150 /	回　来
	150 /	一场戏
张彩飞	152 /	疑　是
	152 /	忘　记
	153 /	水果筐里发芽的山芋
陈忠良	155 /	父　亲
	155 /	古　井
胡海燕	158 /	天空之眼
	158 /	玫瑰的心事
洵　美	160 /	天空之眼
	160 /	沙溪玫瑰

浦　江

飞　墨	163 /	一群麻雀享受昏黄的生活
洪群晓	165 /	麦田是父亲的守望
	165 /	饮鹤川
罗璟玢	168 /	倾盆大雨
蓉　儿	170 /	你摸到月泉的脊梁吗？
	170 /	在上马山隧道前
	171 /	乡村公路带我到象田
	172 /	洋港口黄昏

邵彩菊	174 /	神丽峡，南山舞出的一条绿绸带
吴重生	177 /	等待春风，把院子唤醒
	178 /	水中石
西　渡	180 /	天使之箭（组诗）
张春玲	186 /	雨　夜
朱思莹	188 /	等　待
	188 /	我不太渴望拥有
朱耀照	191 /	木匠父亲

武　义

陈小如	195 /	靠近花朵（组诗）
冷盈袖	199 /	空中的生活
	199 /	父　亲
	200 /	静心咒
	201 /	我们在自己的局限里获得安慰
	202 /	云　朵
怜　子	204 /	爱上熟溪河
清　荷	206 /	在刀刃上，生出翅膀（组诗）
鄢子和	210 /	黄豆的爱情
	210 /	砍去稻穗的田野
	211 /	方格子
邹伟平	214 /	大堰河

义　乌

冰　水	219 /	靠近（组诗）
楚　辞	224 /	长安长安

	225 /	饮酒歌
	226 /	在碑林找到一种仪式
窗　户	228 /	寂　静
	228 /	晚饭后
	229 /	十二月
	230 /	黄昏之歌
	231 /	赞美诗
刘会然	233 /	春暮，风乍起（组诗）
石　心	237 /	独行侠
	237 /	圆明园的铜锅涮羊肉
水　草	240 /	时光不老
	240 /	在雨中
	241 /	我喜欢
	242 /	星火燎原陈望道
杨达寿	244 /	你是一束光
	245 /	拨浪鼓的新意
杨延春	247 /	背　影
	247 /	灰蓝色
	248 /	红　军
	248 /	托　孤
	249 /	照片中的女红军
钟　钟	251 /	金光村笔记

永　康

陈星光	257 /	父亲的竹林（组诗）
	260 /	归卧横山
杜　剑	262 /	绿皮火车
	262 /	手绘地图

	263 /	富春山居图
	263 /	清　明
贾光华	265 /	我隔着窗望着你的远方
蒋伟文	267 /	梦里见过的人（组诗）
肖才颇	272 /	立　春
	272 /	红灯笼
	273 /	深秋辞
杨　方	275 /	江南烟华录（四首）
张乾东	281 /	故乡的芦花开了
	281 /	守夜人
	282 /	故乡的花溪
章锦水	284 /	永康风物（四首）
朱惠英	289 /	惊蛰（四首）
后　记	291 /	

金华

陈人杰

中国作家协会会员,西藏自治区文联副主席,曾获第七届鲁迅文学奖提名、第二届徐志摩诗歌奖、《诗刊》青年诗人奖、《扬子江》诗学奖、第五届珠穆朗玛文学艺术奖特别奖等国内多种文学奖项,担任西藏历史上首部大型史诗性音乐组歌《极地放歌中国梦》的文学总监和16首歌的词作者,在《人民文学》《诗刊》等国家级期刊上发表诗歌作品数百首。入选新中国60年文学大系《60年诗歌精选》《"青春诗会"三十年诗选》。2014年度中国全面小康十大杰出贡献人物。

世界屋脊的瓦片下（组诗）

卓玛拉山

多吉帕姆女神的微笑里
藏着人世的甜蜜
你如信了幻觉，也要相信其中的幸福
走在神山的斜坡上
迷魅和母性是爱的两面
山路如脐带，从落叶中跑来的孩子
仿佛已在秋天转世

雪山鲸鱼
——赠美朗多吉

昌都回拉萨，七十二拐衔一缕白云
鸟用尽了羽毛
澜沧江携带故土的眼眸
奔涌着格拉丹冬的雪浪和横断山脉的秋色

命运的沟壑之谜，水系和星座的秘密
仿佛我这座东海之塔
和你这头雪山鲸鱼
在它的砾崖转石间飞湍着惶惑的激情
一次次涌上绝顶，自成峰谷

草

我是我潦草的人生

有冰雪卑微的眷顾

所有的山脉引领着小草的方向
小的闪电接通心脏

相对于粗枝大叶的人间
我喜欢无助的摇晃
爬上过荒芜的极地古老的星空,知道
伟大的软肋在哪里
我的一生很短,但痛苦更动人

看望牦牛
——赠吴雨初先生

天雨雪,大荒阴沉
风吹着经幡
塔尔玛是苍茫的草场

哈达流淌着雪山净水
泪花在笑容上笑

你说,牦牛有颗笨拙的心
你是追随阳光来的
试着换一种活法

恍惚是去探望老父亲
一路经过世代的言语、图腾的密码
和远远山脊传来的回声

为生净守一份淡泊,为懦弱
乞讨龙马精神
退就是进

时代疼痛，荒野咳嗽
星芒在指尖上跳动

也许你我这东海的浪花
只有化身为雪域的羽毛
才能置身绝顶
安顿好肉身的家

晨　兴

天地共用一山云一张琴
拉萨河像睡梦中醒来的马群

柳自绿花自坠
一生的光阴有白发几缕
过往的雨水没能让它变黑

街坊如昨，大雨远去
早点摊、河滩尽收眼底
一个为了生活，一个为了休闲
所以馒头有味、人生有岸、苦水无形
理解着肠胃和援藏的清欢

横断山脉

无边落叶
澜沧江已然深秋

将所有的落叶和深秋
合在一起
是一曲挽歌

在横断山脉的回声里
盐井村
像史前留下的蛋
还不曾孵出任何东西

石头在吃草

石头在天上吃草
草,要吃掉石头剩在人间的山脊

申扎的早晨是光线的神殿
一群牦牛来到草场
来到神留下的大厅里

冬 宰

我的亲人
我的牲畜

一声哀鸣使高原空旷
我的亮闪闪的藏刀

我的归还
我的默不作声的扎西
我的带血的神明和骨头

十二颗星星在心头闪耀
帐篷下,高原是一头惶恐的兽

对 影

心走近了,肩膀却离得更远

我理解着孤灯下的余影
天涯，莫非为了同一支点

——缱绻叹息至于虚无
倘若熄灭终为一体
但令长夜漫漫
冰冷的脚趾里，高原似高烧的额

磕长头

匍匐在大地的心脏
匍匐，让褴褛沉入仪式

出发的路仿佛归途
渺小的热望支配着星球

把所剩的爱放低，再低些
才能看见真理

肌肤、手，都是脚步
用身体丈量的路
今后要一直在身体里行走

在膝盖、额头、胸膛上行走
一步人世一步佛界

俯下身来
把心中尘土交给大地
把黑暗地段
用光芒一寸寸走过

格拉丹冬

冰川、冰的小屋、冰舌
我看见孩子在舔冰激凌
这越来越小的冰激凌
以爱和无畏的名义

石　人

臭鳜鱼，白米饭，江小白
黄昏，拉萨河引领灯火
流水远去，是故乡的肠胃

自逐于西藏山水间
人如石化，为心肠梳理故乡的肠胃
隔天海而望
蛮荒石人吞咽大地雨水

（原载《人民文学》2020年第7期）

陈美云

笔名酸酸甜，80后，浙江金华人，教师。入选第七批"浙江省新荷计划"人才库，参加首届浙江省青年诗人研修班，入围第九届"中国红高粱诗歌奖"，出版诗集《花生荚里的隔离间》。

一根藤的启示（外一首）

顺着讲解员的指腹
我的目光停驻于《双狮戏球》
她说蝙蝠倒飞而来，两角的蝶纹谐"耋"音
这之后，福寿的秘密似泉眼，无声敞开

猛兽死于山中，又在一根藤里复活
圆满的"圆"很多时候都不是月亮的模样
比如绣球里的长寿龟，它一动不动
却早已将寓意追溯到古代皇帝那儿

不合常理的搭配，并不仅限于此
大地辽阔，人生如蚁
暂且一厢情愿地执着吧

不妨将善恶美丑、爱恨情仇也一起勾连
回环穿插，在无头无尾的古藤里或是文字中
沉默着，集体脱开肉身

石梁镇之夜

灯火潜入山民的梦
小店陆续打烊
最富有诗意的天台山
今夜，属于醒着的影子

一排五人，我们无所顾忌

占领整一条龙皇堂路
我们说二师兄价格攀升
说认识诗歌真好
说彼此幸或不幸的婚姻……

"最后一个晚上了。"
一个轻轻的声音
像滴在宣纸上的墨汁，快速洇开
我们低下头，谁也不敢再张口
任由山风带着凉意吹向我们
又吹向我们突然落寞下来的影子

（原载《浙江诗人》2020年春季特刊）

风声没有因为叶落而噤声

天色阴沉，屋子里的人
没有因为我的起身停下交谈

这是无念岛，蓼花匍匐在深秋
只有靠近过并蹲下来寻找的人
才明白念念不忘的人，宜遥看

风声再一次逼近，我裹紧围巾
看着很多人，像鄱阳湖上大片的草
顺着风的方向，轻易摇摆

当风特别大的时候，就倒下

（原载《浙江诗人》2019年第1期）

邓志鹏

江西吉安人,现居住于浙江金华。作品散见于《诗歌月刊》《中国诗人》《作家报》《白天鹅诗刊》《北方诗歌》等报刊及各网络平台。

·金 华

山谷里的云朵（组诗）

山谷里的云朵

时而近，时而远
山谷里的云朵
如鹰的翅膀，盘旋于山巅之上
又席卷于山谷之中。草木之心
苏醒过后，寂静无声
山谷把云朵揽于怀中

裸露的岩石有一颗柔软的心
与蛰伏于苔藓之下的茎脉
一同呼吸，醉卧于这片幽幽之地
日复一日，静静守候

山里人的故事

举起镰刀，开辟一道通向山顶的路
让垭口风平缓一些，留下空白想象
在旷野里与白云一起写意
山水着墨，鸟鸣花香

在山里，一层层石阶
犹如铺开一段段情节
叙述一个个山里人家的故事
如溪流潺潺，昼夜流淌

山里人

山里人

是一片裸露的岩石，坚韧
是天穹飘落下来的一片云朵
蜿蜒起伏的山峦，河流
静卧在山里人的月光里

山里人的语言如露珠晶莹透亮
山里人的脚步如犁
贫瘠的山谷也有种子萌芽
沉甸甸的梦想挂在树梢
随风飘动，如风铃响起

寂静的山谷

寂静的山谷
鸟留下一声啼鸣，已远去
所有的痕迹都被秋风抹去
枯藤执笔，描绘山谷的空灵

一抹夕阳作伴，在山顶俯瞰
泛黄的、赤红的、嫣红的树叶
簇拥着一片晚霞红满天
山谷，回荡着我的脚步
我在丈量山谷的高度

山虽高，天虽远
但在清澈的湖面上，我触手可及
山谷就在我的脚下起伏
云霞就在我的指尖荡漾
目光，已绿水滢滢

（原载《中国诗人》2020年第2期）

红 朵

本名贾冠妃,浙江金华人,浙江省作家协会会员。诗文散见于《诗刊》《诗选刊》《诗潮》《作家周刊》《小诗界》《浙江诗人》《江南诗》《星河》等刊物及平台。

一辈子的草那么多

村庄是枕在河流上的一截浮木
漂哇荡啊,梦境里的青草
绿了一茬又一茬
蚂蚁们忙着搜寻米饭

一个人躺在野草横生的地里
放下锄头,听虫鸣鸟叫
不愿发出声音

墙皮也有足够的时间等待风雨剥落
大路边的几棵老树,用残存的树枝指路
哪里有亮着灯的窗,哪里有暗暗劳动的人

村庄是一本书,有人写了几句
有人写了一个符号
没有人写到结尾

(原载《星河》2020年春夏合卷)

我所深爱的,早已磨损

写下两行诗,不成文,废了
交过三两朋友,渐疏远

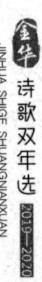

池子里的水昼夜喷洒着老调
每日走的路，折叠了又折叠
蜻蜓点水的旅人，不敢投入太深

入世者时时幻想鸟鸣
出世之人又想坐拥红尘
天下熙熙，我看到那么多人在打捞
也曾想从中渔利，觅得分毫，渐作壁上观

当年摔破了一角的碗，母亲已请工匠重新补好
而心里越来越大的碎裂声
来自
我曾深爱着的，早已被磨损
我曾怀着热烈的，早已平静

老人写下绝笔：走时我心如止水
盛宴之后还有盛宴，不过是换了一拨面孔

（原载《中华文学》2019年第2期）

胡了了

本名胡子旭，1997年生，湖南茶陵人，现居金华。源诗社成员。诗歌作品曾在《浙江诗人》《诗林》《青春》《江南诗》《中国诗人》等期刊发表，开设个人写作公众号"了了书斋"。

·金 华

深夜的诗

这对我是很普通的夜晚
我像很多个夜晚一样
两手的手指自然交叉
意识到然后分开
又无意识地合上

我知道双手这样缠着
就不可能入睡
但还是忍不住想用一只手
给另一只手温暖
我这时会想起一些人
我希望最好死掉的那些人
但一切并不都是他们的错

像觉醒一般,意识到
深夜是我最恶的时刻
也是我待朋友最善意的时刻
幻想那些人的死
让我乐极生悲,悲哀自己的病
我才对你们有依赖式的亲近
不然我怎么活下去
在过渡的白天到来前

摇 椅

妈妈买了一架摇椅，放在阳台
她从我房间里拿马尔克斯的小说
她躺在摇椅上晒冬天的太阳
我从客厅穿过时，看见她
双手盖住小说的封皮，眯着眼睛
摇椅缓慢地摇动，像我眼前这幅画面
有种永恒的感觉
我不会凝视她超过一分钟，也没想
为这画面拍照，这对她
都没有意义，从把我生下来的那一刻起
我更不需要留下相关的记忆或影像
以免在未来的一些日子里感到残忍
而她的声音从我在摇篮里
至今没什么变化
如嵌在脑中的一枚磁铁
有时吸引我，有时让我疼痛
"多久回家"或者"水果拿去吃"
没有任何超出日常的复杂
像人坐上摇椅，就几乎无事可做
妈妈把《百年孤独》还给我时说
这太让人压抑

（原载《中国诗歌》2019年第1期）

坤 宇

本名朱坤宇,中国诗歌学会会员,浙江省作协会员,中国铁路作家协会理事,上海铁路作家协会副主席。曾在报纸开设散文随笔专栏,诗歌在《人民日报》《中国铁路文艺》《东海》《浙江诗人》等报刊发表。著有诗集《春天是火车运来的》《面壁集Ⅵ》(四人合集)。

母亲的菜地

自留地里
母亲在不同季节种下
玉米,南瓜,黄豆……
种下远在外地儿孙们的模样
然后每天去看它们
每天都去浇灌一些思念

尔后便经常有电话打来
回家来摘玉米,来拿南瓜、黄豆
好像是玉米、南瓜和黄豆
想我们了

(原载2019年7月12日《上海铁道》)

懒丝瓜

才开一朵花才长一只瓜
母亲说,今年种了一株懒丝瓜
就像从前埋怨她某个儿子的
懒惰或调皮
我看着那株正沿着水管
努力攀高的丝瓜
感觉它其实也很努力
虽然事倍功半但效率很高

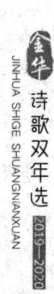

·金 华

而母亲其实就是一位诗人
脱口而出的句子多么生动

（原载2019年7月12日《上海铁道》）

如 果

假如阳台上的两盆月季
忘记开花
如果黄的火红的火不是那么旺
如果这熊熊燃烧的愿望
能烧掉缠住春天脚步的病毒

我们口罩上的眼睛
会更像心灵的窗户
我们透过口罩的语言
会更加真诚
口罩会让我们把更多说话的时间
交给双手

北风终究会越来越弱
南风一定会越来越暖
也许飞在前面的燕子
不像剪刀
飞在后面的定会越来越像
越来越多的燕子前赴后继
剪去人间所有的不好
春天一定会恢复春天
原来的模样

（原载2020年2月21日《上海铁道》）

李东山

笔名决恋音符，教师，中国诗歌学会会员，金华市作协会员。作品散见全国各报刊和网络媒体。

夏　荷

许一滴泪
滴落凡尘
把桑田
哭成沧海

让前世的诺言
邂逅今生的伊人
如这场夏雨
邂逅了荷塘

任一朵莲跳出渺漭
映出红颜
亭亭玉立在
水一方

（原载《青年文学家》2020年6月）

李俏红

浙江金华人。中国散文家学会会员，中国诗歌学会会员，浙江省作家协会会员。主任记者。

碎片人生（组诗）

生活的针脚

生活的针脚
钻进人生的每一个缝隙
直到最后一刻
都没有缝补完整

我们的一生
有这么多的遗憾在心间
有这么多愿望无法达成
那么多的思念和不舍
生生被掐灭

我们的一生啊
居然有那么多的漏洞
一直破损，无法修补
哪怕那只小小的盒子
盖上了光鲜的衣裳
依然有那么多的悲悯和痛苦
无法一一修补哇

月下沙滩

尽管如此
这个月夜我还是迟到了
我是不安分的

碧蓝的海中央
大好的激情正渐渐消退

月光　随风慢慢飘远
我像个孩子
咬着浪花的窠臼
把来生和过往
一遍遍在海水里冲洗

这是一场多么遥远的抵达呀
真相几乎要被洞穿了
生活的潮水又把它盖了回去
在微凉的沙滩上
我如一个花骨朵般抱紧自己

夜　江

喜欢在如此孤独的夜里
听雨轻敲窗棂
看那场经久不散的季风
缓缓地滑过江面
渴望一个笑容　一场际遇
渴望这世间美好的一切
都有一个完美的结局

光影变幻　交织成诗
幸福是个很长的故事
有时欢喜只因执念良久
此刻
碧波沉沉的江水
恰好流经我的窗外

（原载《绿风》诗刊2019年第6期）

罗 帆

1982年生,浙江金华人。著有短篇小说《不确定集》,已发表长篇小说《月下水埠》,《金华日报》连载长篇小说《埠头往事》。

雨中神色

雨后的林子有了生气
大地生长一寸,雨珠似心上人
每株草挂着晶莹剔透的心思
我未能幸免
"红尘多往事,往事多红尘。"
紫色的小花乳苣,难与苦菜联想
黄色的小花,毛茛
小叶铜钱草,天胡荽
白粉的紫叶李
逐一辨认万物精灵
好奇是所知甚少的伴侣
我张望着中年的瞳孔
却遗憾得像个孩子

欺骗性的面积

母亲在草地里捡地木耳
我伏案看书写作
疲倦时,出门去探寻
"像黑软的云。"母亲说
我轻拾一朵,像某人的脸孔
"假象是温柔而富有价值。"
埋回,令它内在的弯曲缠绕得更紧

包裹在外的胶被，缩小欺骗性的面积
想起过去的一段感情
它永远匍匐在下雨的大地上

新来的农夫

言语在旷野拢成稻草堆
甜蜜的谷粒被主人装入仓廪
丰收的姿势向四方支散
我就蹲在里面，隐藏得疏密
有致，阳光似火线，从战场
趄回而湮灭，你这个新来的农夫
一根根抽走秸秆，倾斜，慢慢歪倒
大地散架了
裸露着我的沉默

灰白云的交替

拂袖袅入云海
它的一天，几近所有
始由思慕垂钓
（天与海，无数的无数缱绻）
灰色的浪翻过纰漏的人间
天空一片白净
它在黑夜醒来，又沉沉睡去

（原载2020年3月28日《金华日报》）

吕 煊

浙江永康人，中国作家协会会员。近年来致力于70后中国汉诗资料的收集和研究，已经编辑出版《70后汉诗年选2018卷》《70后代表诗选》等。

·金 华

马铃薯种在花盆里

年少时的冬天
我经常跟母亲下地种马铃薯
下地前　母亲会从地窖里取出马铃薯的种
她一边端详手里的马铃薯
一边用刀飞快地分割
那些露头的芽就像一个个封地的王
一个芽一小块

到了地里
母亲在前面挖好一个个小坑
我跟在后面
将这些芽一个个轻轻地放到坑里

这是庚子年的第三天
母亲在阳台里看我不熟练地分割
马铃薯的那些芽头
我总是担心这些幼芽会被我割坏
花盆里的土太轻盖不住它们的呻吟

在武义田庐遇见白鹭

秋风只是掏出小部分的顽皮
就让一串串的灯笼挂上柿子树

那些在枯枝上颤动的暖色音符
催促着从北方途归觅食的大鸟
我目睹这个深秋最后的抒情
一双双翅膀在田庐收紧　卸下疲惫
我往来武义田庐三趟了
白鹭在缓慢的溪水旁独自张望
有时候是三只　有时候只有一只
小河的北侧是一条通向远方的白色公路
时常有紧急刹车像利剑划破气球
刺耳的洪流穿过窄窄的河面
那些抵挡不了的急促
很像上学时课间的电铃声
那些忙碌和奔跑　一定抗拒
松树身上裂开的短短长长的皱褶
我羡慕河里那些缓缓游动的鱼
此刻　在白鹭的眼里都化成了寂静

木坦在岩宕里静默

我无法形容石头的辽阔
是用多少的沉默来勾兑

层层叠叠的流水从上而下
用回声细细梳理落叶裹挟而来的喧嚣

一个男人的成熟和一树柿子的落果
他们是否遭遇来自同一方向的风和雨

阳光压低了我们抬头向上的山路

凉爽的秋分亮出刚出鞘的剑　沉稳不张扬

飞舞的蝴蝶　用意念摧毁盛装的田野
我习惯用中年人的目光质疑一切的可能

木坦村庄的印记镶嵌在岩宕的沉默里
它们是一株树上的两朵不同的花

草　堂

清明是节气的偏旁　在左侧
草堂是活着的一个符号　在右边
今天的阳光　很暖和
草堂前的景物　抬起了头
草木花香和我一起
等待那些心怀悲悯的人
佛说　被人怀念的都是没有死去的
我无法介意　生与死的形式
一条道路只有一个尽头
一天只有一个黎明
我选择留下
这一天的空白给我的父亲

（原载《星星》2020年第3期）

木 汀

宁波籍金华人，现居北京。中国作家协会会员，中国电影文学学会会员，中国诗歌学会常务理事，北京市杂文学会常务理事。供职于中国诗歌学会。

·金 华

我该是草原的孩子

我不是草原的孩子
我是草原的游子

我不是草原的记忆
我的记忆中是接二连三的草原

只有草原
才能接受太阳的热辣
只有草原
才能使牛羊的唇贴近大地的脉动
也只有草原
能让风照见自己的根

在草原上
我不再想我的过去现在将来的疼痛
我不再想我的过去现在将来的懦弱和恐惧
我不再想我的过去现在将来的思念
不再想我曾经有过正在发生无限期待着的欢喜
不再想我曾经有过正在发生无限期待着的野心和美梦
我只想已变成草原色的眼睛
跟草原一样
有一望无垠的视线
我只想已被草原染绿的胸膛
跟草原一样开阔

我是草原的游子
但今天起
我是在草原涅槃的孩子
该是草原永远的孩子

（原载2020年8月13日《内蒙古日报》）

南蛮玉

金华市婺城人，浙江省作协会员。出版有诗集《水的手语》，散文集《白鸟》，诗画集《青鸟有信》。作品在《诗刊》《星星》等刊物发表，入选《浙江诗典》等选本。

青鸟有信（组诗）

寒 兰

这丛兰草比别的都茁壮
从小镇集市上请回来
也跟着搬了许多家

从前它在春末开花
花期越来越迟
仿佛人花俱老

彤 云

不喜欢闪闪发光的表情
不喜欢感叹号，不喜欢太强烈的
色彩和情感

彤云花的狂野
让你看到一个早已死去的自己
生如夏花
爱如少年

风 荻

那水岸的旅人
站着看风和坐着看风
荻花有不一样的弧度

白狐会带来雪意
红狐只在夕光里偶尔闪现
禾花雀常见的
看久了别哭

乌　柏

枝上有鸟，有一只，两只
栖着许多只鸟的乌桕
和只有细碎小白果的乌桕

是隔山相望的两棵
也是被风吹散红叶
见惯流水的隐者和诗人

梅　窗

乌桕树的白籽可以当白梅看
那些孤瘦的寒枝
是天生的冰纹

梅窗外的鸟鸣
浓的时候是春酒
淡的时候，是很久之后的小后悔
无声的西风

（原载2019年诗集《青鸟有信》）

苏洪生

1956年出生，浙江金华人，金华市作家协会会员。作品散见《诗刊》《江南》《西湖》《西部散文选刊》《北京日报》等30多家报刊，有诗作曾获国家及省、市、区级文学作品创作奖。

村中的池塘

我是村姑眼中的一滴清泪
一诺千金化作古樟枝头的一片云彩
我是玫瑰花瓣上的露珠
见证过父辈们最初最纯洁的爱情
我是小伙子眼角的一颗痣
借着梦的翅膀飞行
我是初冬的第一片雪花
心中永远惦记着
韭菜、麦苗和村头张大爷额头的皱纹

(原载《江南》2020年增刊)

茶树下

我从茶树下走过,露水是绿色的
每前行一步,足印里都芳草如茵

松鼠躲在叶子后面偷偷向我探望
时光很慢,炊烟很慢
天空的镜面蓝得空旷虚无
采摘的序幕就此拉开

蚂蚁藏起忧伤、悲喜
蜜蜂相互致意、问候,并保持微笑

·金　华

我脸上的云雾很慢，内心的风声很慢

我想在茶树下躲避日光的锋芒
燕子三三两两，表情神色匆匆
我身后溅起的尘埃很慢
黄牛眼中泄露的迷惘很慢

（原载2020年4月25日《金华日报》）

初冬的茶园

阳光还是斑斓的样子
忍不住想去茶园走走
穿过大片的松树林
又亲密接触过几株红豆杉
轻轻地越过黄鹂声
就闻到了草香和茶香的味道

我和她在初冬的茶园里
依然保持着甜蜜多汁的姿势
捡拾从枝梢落下的时光
初冬的茶园阳光很充分
风景也爱一样的丰饶

我走了一段陌生的路
借着即将回家的西风扫去落叶
看夏天没有看完的书
写秋天没有写完的信

（原载《鸭绿江》2020年第10期）

许梦熊

原名许中华，曾用笔名七夜，1984年生，浙江台州人，现居金华，自由撰稿人。曾获北京文艺网·国际华文诗歌奖（2013）、浙江省作家协会2015—2017年度优秀文学作品奖。出版诗集《倒影碑》等。

锄地农夫

他的脸就是他的土地
沉默，干净，孕育万物
芒草渴望天空
就像种子破土而出
大量的孤独被敲碎，碾压
它们已经跟牙齿一样松动
然后我们期待
和他一天的劳作旗鼓相当
抱着好季节的信心
秋天在远离贫瘠
我们试图成为万物的把柄

冬天的房子

天空在退步，薄云被最后的光
吸收，我们有了各自严寒的夜晚
三两棵枯树弯弯斜斜
就像靠着枪杆死去的士兵
等待苏醒，一座没有记忆的房子
窗户洞开，烟囱突起
惨白的墙上没有任何面目
人们遭受遗弃，如同离乡背井
没有回归最初的村庄
也不会视今天的城市为命运的根系

雾中风景

我们的沉默是一棵棵树
枝叶在弥漫的雾气中兀自伸展
永恒的旋律向上,向上
就像越来越低的一声叹息
落叶铺满草地
所有的虫豸重新蛰伏
为了跟死神争分夺秒
不停地交媾,生育
仿佛我们团结在一个地方
就有更多的希望

尤利西斯的凝视

我认识这只猫的主人
他已经消失不见,他告诉我
这只猫叫尤利西斯
因为流浪已经跟它的皮毛一样紧张
人们建造的一切都会剥落
就像这面墙,分崩离析
四个窗户都在簌簌发抖
没有人再来擦拭
从中眺望他们曾经渴望的生活
只有孤零零的尤利西斯

蹲在那里，凝视着
世界翻至愿望相反的一面

倒　影

无尽的回旋，波光与皱纹
你看到僵硬的一切
都变成藤蔓，像蛇发盘在头顶
谁能够领悟老子的道理
最好的道德就是这样
形同流水，柔软而没有力量
却能够席卷僵硬的一切
将它们化为露珠

祖先的树

没有人记得它是一颗种子时
这片土地如何肥沃
村庄环绕在这棵大树的四周
孩子嬉戏，柴犬奔逐
人们依照星辰，安排自己的生活
然后战火终于吞没了村庄
就像成熟的果子
被人采摘，摄取各种养分
除了这棵臃肿的树
记得有过一群可爱的孩子

变成老人，变成泥土
变成它的根须
紧紧地抓住我们来自同一个故乡

雪山下

黑色的马在雪山下
安静的羊群四处漫游
没有追击它们的野兽
比气候更恶劣
牧草随着雨季丰茂
现在已经过去
雪往山下垂着裙裾
总有年少的人
想要摩挲她的脸庞
消失不见
像夜里轻轻的鼾声

（原载《诗歌月刊》2020年第7期）

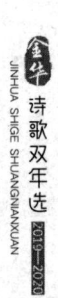

伊有喜

浙江金华人，作品入选《中国当代短诗三百首》《当代传世诗歌300首》等选本，出版个人诗集《最近我肯定好好活着》。

暮 色

我越来越习惯于沉默
习惯从人群退入内心深处
在杂草丛生的溪边小路
我习惯遇见一个独自行走的人

这也是我喜欢的——
水声、鸟鸣和黄昏的云霞变幻
五月的芒草开出芒花
合欢叶子渐次闭合

不远处就是江堤公园——
广场舞，吹拉弹唱……
遛狗的男女、追逐嬉闹的小孩
手拉手的年轻人……

好像这是我疏离已久的人世
而暮色慢慢地把它们覆盖

野麦黄黄

秧苗里有稗子
小麦地里也有野麦子
争肥、争水、争光
这小麦的伴生杂草　它确实

事事压着小麦——
它是人见人嫌的野麦子
有人称它乌麦、铃铛麦、燕麦草
它有茸毛和穗子

它的针尖麦芒　在我们童年的
唾沫里　不停地转动
却找不到它的北方

多年后　城南江堤上
我遇见野麦黄黄，一大片又一大片——
它们之中居然没有一株小麦

在玉泉寺想起我的母亲

在玉泉寺观音阁
我看见一位年轻的妈妈带着儿子叩拜——
这一拜，就是他们的人间

这多么像我们在千手观音前的祈福
两鬓斑白　我依然眷恋这纷扰的人世

大慈大悲的观世音菩萨啊
作为凡夫俗子　我愿意——
你是心地善良又好看的女子

我愿意承认——
送我来到这人世的，就是我的观音

我的母亲比我神奇

我经常错把老婆喊成女儿
我说：萱哎——老婆就笑着说我老年痴呆

这多么像我母亲——
我回老家看她——

老人家挨个唤她的子女：有清有香有贵有喜——
最终高兴地喊出了我的名字

我的母亲比我神奇
她话音刚落，我们哥姐四个就齐刷刷地围拢过来

老　者

我也说不清为什么要看老房子
就像说不清我是哪里人
在上盛，与一位老者寒暄
吞吞吐吐，我欲言又止

他毫不介意，领着我这个陌生人
去看老宗祠、苦槠与大樟树
并说他曾路过我们的村子——
讨过水喝，那时我尚未出生

他认识的人如今都已过世——
他不用QQ、微博、微信和抖音
临别——也不打听我的名字
他说"宽慢",他说"再会"——

他说下次找我——
他好像随时可以找到我

三江口

从东南而来的兰江,从西而来的新安江
在入海之前集结为富春江——这是梅城的三江口
就像兰溪的、金华的三江口

它的阔大苍茫,让我想起俄罗斯套娃
三江口的套娃:大三江口的上游有次大的三江口
以此类推,然后是三坑口,简称山坑

而最初,是清澈明亮的两只泉眼
就像我的父亲和母亲融合:他们与我构成最小的三江口
我是我父母的下游——

置身阔大苍茫的三江口,我是荡漾的浮萍——
荡漾就是随波逐流——
有船只经过,就一荡一漾

(原载《西湖》2020年第6期)

张 乎

浙江金华人，浙江省作协会员，诗作在《诗歌月刊》《诗选刊》《江南诗》《诗潮》等刊物发表。

风泪眼

这个一边走一边哭着的人
肯定经历了巨大的灾难
她肯定把星星　遗忘在海边的沙滩上
也忘了把月光　从晾衣绳上收回
她一看见风就哭了
仿佛看见情人　他们已长久不见

这个人　不知道自己已经哭了
到底是风使她流了泪
还是悲伤从心底涌上来
她使劲想擦去　装作一个因看风景
而被光刺疼的人
却怎么也止不住自内而外的河水

一个人的眼泪如此珍贵
它可以单单为自己流
而不为别的什么
她没有呜咽　甚至对迎面遇见的路人笑一笑
一个人把悲伤拒绝得这样彻底
仿佛悲伤也没有使她流泪的力量

独坐水边

许多个下午就是这样度过的
坐在黄杨木边的石头上
看夕阳渐渐收走水面上的光亮
看杉树在水中的倒影
被晃动的波纹切割成分行的诗
一条鱼打破世俗的宁静
轻轻一跃　便经历一个轮回
落叶断断续续飘着
像一个个不能实现的心愿

世间虽有悲悯之心　对我却是无用
太阳的金毛线越变越冷
天空低下来
在水中我已看不见自己的影子

野　花

野花们有着赴死的决心
不顾一切地生长着　绽放着
高过芦苇丛　低过
寒塘里的鹤影　我看见
一朵野菊花从泥地里支起身体
仰着脑袋　看秋风
一点一点地收走它脸上的黄金
三株再力花①低下干枯灰黄的头颅

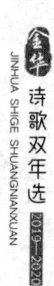

·金　华

　　注视脚下平静的水面
　　像在集体默哀
　　它们的季节已经离去　永不再来

注：①再力花，别名水竹芋，原产于美洲的热带植物，不耐寒。

影　子

　　水杉树在湖中投下宝塔形的影子
　　芒花在秋天晃动着奶白色的影子

　　飞鸟把影子贴到月亮上
　　飞鸟有金黄色的影子

　　凤仙花有嘴唇一样的影子
　　秋葵有浑身长着匕首的影子

　　懒人们拖着长长的影子去酒吧
　　影子没有钱　羞愧地翻着后腰

　　凹陷处的影子实诚
　　中和了突起处的轻浮

　　山峰的影子越变越大
　　大过它本身　最后山峰成为一团虚影

　　我的身体是完整的
　　我的影子到处都是破洞

（原载《浙江诗人》2019年第4期）

周 亚

中国作协会员，浙江省美协会员。诗作发表于《诗刊》等刊物。作品入选散文、诗歌多种选本。获第三届冰心散文奖，第十九届文化杯全国鲁藜诗歌奖（优秀诗集），《人民文学》《诗刊》诗赛二、三等奖等。著有散文集《迷失荒园》，诗集《天浴》《理想者》《周亚抒情诗选》。

五月的天穹下

一街的芳香，谜一样
撒进微醺的夜色
我有些晕眩
抬头，行道上树影婆娑
它的生发之源呢
薄透的光线也未能翻出答案
噢，我已很少仰望
遗忘了天空，有如浮云之上的轻
而我的目力又能揭开
哪一层云纱
街旁的玻璃橱窗前，一个白衣女子
的身影闪过，钢琴店很安静
仿佛涌动的香气里，暗藏着
五月的期许

风之花

风一吹，你就醒来了
风吹起你的长发、裙衫，原野上
一片，又一片银莲花
开始起伏、舞蹈
风吹醒你斜睨的眼眸里
荡漾的水波

还原你垂首时少女的妩媚
用你脚踝上赤裸的春光
开垦春光
风吹啊，吹
怕一停歇就不见了，你消失时
颤巍巍的幻影

夏　日

蹚过那片伸向大湖的草地
湖面堆积的，耀眼
的波光
是属于你的

——那不是梦遗落
你，灿烂的笑
俯下身对鱼儿说话
你细长的手臂，试图以怎样
仁慈的方式
环抱那面撒欢的大湖哇

如果没有一片愁云，追逐着夏日
覆在你的身上
就只有水、水
不停闪烁
的旗帜，和你戴过一次的珍珠耳环
印证你与它的亲密接触

（以上原载《草原》2019年第10期）

朱德康

1989年出生，浙江金华人。中国诗歌学会校园教育委员会副主任，浙江省作家协会会员，入选"浙江省新荷计划"人才库。作品发表于《诗刊》《星星》《人民日报》《光明日报》等报刊，出版诗集《城市以南》《山间的归人》。

那时的家园

那时
我一直以为
那些栀子的花香
是戴斗笠的父辈独有的

那时
月光不紧不急
那是大山独有的节奏
包括林间缓缓的泉水

那时
大山就是我的全部世界
大山的样子
就是我儿时倔强的模样

那时,我几乎不哭
我怕一哭
满山都会传遍我的啜泣声

(原载《诗刊》2019年3月上旬刊)

微笑流淌在了时光里

总有那么一个夜晚
会听见天空朦胧的对话
那是夜色留给我们的灯谜
关于童年

我们去追过山冈的风
迷路山间
牧羊人短笛声中
一起跳起了稚嫩的舞

那时
微笑流淌在时光里
我们唱过的山歌
消失在一页页旧画册

(原载2019年诗集《城市以南》)

徐进科

笔名徐迅、余禾,浙江松阳人。曾在中学任教,先后任职于乡县市机关,现为金华市委某机关退休干部。中国诗歌学会会员,浙江省作家协会会员。

我不失望

我爬上过峻峭的山峰，却是绝壁
我钻进过艰深的水井，却是干涸
我品尝过爱情的醇香，却很苦涩
我憧憬过美好的理想，却很遥远

四面绝壁的山峰给我意志
断水缺源的枯井使我坚强
在爱情的苦海，我抱紧漂流的舢板
在泥泞坎坷的路上，咬着牙我拖动双脚

劈面的冷雨将我湿透
但是，我不冷漠更不失望
我的希望在无穷的失望中再生
经受了冷雨，希望的精灵就会诞生

（原载《江南》2020年增刊）

东阳

蔡伟华

60后,东阳市党外知识分子联谊会会员,东阳市作家协会理事,东阳市摄影家协会会员。喜爱文学,且笔耕不辍,诗歌、散文、小说均有涉及。现供职于《东阳公安报》,从事采编工作。

有个地方总让我牵肠挂肚

父亲曾用脚步丈量
离家二三十公里
东白山脚下的山地
挑回一担担幸福的柴禾

母亲做的玉米饼
又薄又脆
夹上梅干菜
香飘三里外

每当暮色来临
母亲就站在村口盼望
炊烟升起时,我闻到了
父亲那熟悉的汗水的味道

有个地方总让我牵肠挂肚
那就是我可爱的故乡

(原载《江南》2020年增刊)

沧海桑田

本名蒋时忠。1989年毕业于浙江师范大学；教过书，经过商，办厂当过老板；做过果农，牧过羊，也出远洋捕过鱼……著有诗集《纤夫的雕像》《70亿条通往幸福的路》。

· 东　阳

不是每一粒种子都有收获

不是每一粒种子都有收获
不是每一朵鲜花都能结果
不是每一条溪水都能奔向大海
即使秋天得不到收获
我还是要在春天播撒种子
即使花开结不成果实
我还是要尽情绽放
即使奔流找不到大海
我仍不停息寻觅的脚步

不是每一颗善良的心灵都能得到好报
不是每一份情感都能走向永恒
不是每一个人都有完美人生
即使善良的心灵屡被伤害
我还是坚持善良的本性
即使真诚的感情屡被亵渎
我还是要追寻感情的真爱
即使自己的人生时有缺憾
我还是坚持走自己的路
只有这样
才问心无愧

（原载2019年诗集《通往幸福的路》）

陈 剑

笔名远风、渡，1972年11月生，浙江东阳人，园林工程师，金华市作协会员，供职于横店集团。作品发表于《江南》《文友》《星河》等刊物，2020年出版个人诗集《目击者》。

·东 阳

牡丹花开

我想把这个讯息告诉更多人
我想让他们分享我的喜悦
我想他们把我的讯息再分享给更多的人
我想他们也希望他们的喜悦被分享

那几只在花间飞舞的蜜蜂
发出以上甜蜜的嗡嗡声

感 染

这头东北虎
伏于那块探水的石头上
心事重重的样子
让隔着玻璃的我
不由自主
发出啸声

挺 好

面对这棵六十厘米粗

因根部积水而死的
香樟树
程亮在电话里
捶胸顿足
越说越气愤
甚至把他的仇人和朋友都扯进来
末了，转悲为喜
他告诉我
"树已成材
我也计划好了
请人打一把椅子
和一张床
白天椅子上喝喝茶
晚上床上做做美梦"

隆 冬

朋友老金
打电话告诉我说
青海回来了，刚到家
我见到他时
他呼出零下二十七摄氏度的酒气
从箱里掏出五包枸杞
告诉我这是他昨天从德令哈
驱车一百多公里
从牧民手里买到的

（以上原载2020年诗集《目击者》）

陈全洪

笔名洪尘,金华市作协会员,东阳市作协理事。诗作入选《浙江诗人十年精选(2008—2017)》《越人诗(2018—2020)》等,著有诗集《南方水墨》。现居浙江东阳。

相　爱

古道不一定老,也不一定
很窄很长。有时,它是一个旷阔的车亭
你们守着一个书包一样的行李,等候
一辆杳无辙迹的列车

就在不远处上游的时间里
打开微信的语音或视频通话
由一个人,转接到另一个人
一种问候的语气,上升为另一个号码
传递过来的抚慰口吻。所有的谈话如纸页

必然翻阅到守候与出发的章节
在这个稀落的汽车站台,没有人
点烟吐雾,各人手持一个发光屏,不住地
低头与抬头

守着这个行李一般的书包,三四个人
在低头与抬头的短小间隙
不知不觉更紧密地
靠在了一起

(原载《诗刊》2020年第3期)

·东 阳

风　眼

村口的小姑娘
望着不远处的公路
有风沿着塘堰徐徐吹来
慢慢地，孩子的眼眶湿润了

谁来解释
这么小的孩子
眼中冒出的
那两汪泪水

"那是风的眼睛。"
一位老人抱起了她
抹着孩子娇嫩的脸庞
"她想念你们了！"

风的眼睛带来了
这些苦涩的天然的泉水

民谣之城

梅州青石磊磊
白云飘于空中
悠然掌管山脚子民

古城高严的城池
齐整的堞垛
那映照红墙的淡梅朵朵

低平的草滩，稠密的大树
绿荫中
一个小孩从枝上挂着的红灯笼里绕出

唱着"磨豆请客"的民谣
奔向原本抱着她的奶奶

蝴　蝶

天地多么干净
……空旷

远和近
这雷霆般静谧的秩序

如同
一只只蝴蝶
翩然起飞
从来就不用担心——
它们会碰撞争吵

（以上原载2019年诗集《南方水墨》）

陈益林

浙江省东阳中学惕吾文学院执行院长,浙江省语文特级教师、首批正高级教师,全国优秀教师。出版有《雅典娜与缪斯的二重奏》《堂奥》《风向不定》等诗文集、《攀高涉远语文行》《高中生论述文写作十大核心能力》等论著。

冷，也是生活的一种理由

孤阴不生，独阳不长
阴阳鱼不知疲倦地轮回
世态反复上演
炎凉的变脸艺术
沧桑，在山陵与川谷之间
一条铁律，横亘古今
相生相克未完待续
岁月的烙印，无非源自
阳光与阴影
正反两极激撞而出的火花
正因为此，我敢肯定地
与世界辩难
冷，也是生活的一种理由
生命如同美酒
火的炽烈
必须包容于
水的寒凉

（原载《浙江诗人》2019年第1期）

松　下

在松针上躺久了

·东　阳

石头们一骨碌起身
便围成炉
柴都是山中风日
修炼已久的草木

怀里早已焐热的燧石
敲响山中的寂寞
火舌舔着蝉噪
茶烟氤氲起
谷雨前茶飘香的清明

如斯人，如斯事
最宜入画
今天，当我翻开
尘封的册页
当年的偃仰身姿
已开成满坡的杜鹃
而那些吟哦喧笑
俱化为泉水的潺湲

（原载《文学百花苑》2020年第3期）

二 胡

本名胡才高,浙江东阳人,60后。东阳市作家协会副主席,东阳市民间艺术家协会常务副主席。近些年有诗作在《星河》《浙江诗人》《江南》《文学港》等杂志发表。出版有诗集《迷蝴蝶》。

·东 阳

姐姐十四行

一

那一年我似乎失聪
越过乡间熟悉的问候
越过来去都黯然神伤的路
我只听到雷声和雨声

我就站在街中间
天边滚石头样地滚起了闷雷
我的瑟瑟发抖不因天冷
而是因为母亲做了某一个孩子的保姆

我也是孩子,我的母亲不在我身边
书包里盛满同样孤独的雨水
一个陌生姐姐突然就抱住了我
她用温情制作的伞挡住天边而来的雨

回头看时有人出生有人死去
那个搂过我的香香的姐姐无影无踪

二

在埋葬我的日记后
我埋葬了我少年的伤痛
我一路乞讨
一路远离家乡远离爱着我的灶火

在那阴晦的夜晚
孤独感破碎感如雨灌注而来
我躲在陌生的屋檐下扒着一口一口的冷饭
我满心迷惘我让自己伤痕累累

姐姐让我坐在她的家她的椅子上
看着我吃完一大碗热腾腾的面条
外边的天空依然下着雨
我记忆中的来路依然沟沟坎坎

那个晚上我恰巧望到了最亮的一颗星
或者说这颗叫姐姐的星恰巧看到了我

三

那也是别人的姐姐
那也是别人还可想念寻找的姐姐
而我是不能寻找的
我的姐姐谁知道她来过没来过

她把自己当成一粒玉米的种子
埋在黑夜里做酣甜的梦
她似乎知道风落在怎样的土里
知道叫我的声音会落在怎样的风里

她一定读过书的
学校的钟声离家只几步之遥
书本里每个字念出都是玉米的香甜
她应该喜欢吞吃着每个字每个句子

姐姐的辫子很长很长吗

姐姐叫我的声音很脆很脆吗

四

除了稳固坚实的房子
除了被人娶被人疼爱
除了还能在最近的地方抱着娘家人哭泣
姐姐一样的女孩还能奢求什么

那时的我还不知把小手伸向别人取暖
我也不知道怎样为自己洗好一双袜子
我只能在一床之隔的地方呆立
看她把伤悲一次一次擦干

霜雪岫烟的清凉寒夜
姐姐所见的都是冰凉的田野
我陪她说过话吗哪怕是一句话
过去现在我都想不起来了

在一些月份里我会忘记某一周
只想让这一周用来画没有照片的姐姐

五

一只手在月光里一起一落
姐姐洗着一家人的衣裳
一只倦了的鸟想歇息了
又习惯性地打着翅膀望一望四周

我的爸爸妈妈的脸色总如泥墙一样发黄
邻居们也发黄
田里的庄稼也发黄

如果还能做梦那做梦的过程定也是发黄的

姐姐像是挂在竹竿上的冰了的衣裳
看上去如一只鸟挂在树上
摸上去有凉滑的手感
却永远永远没人穿了

我在写一首过去的诗时一言不发
潮水般的鲜花轰然而至

六

走着走着姐姐就不见了
走着走着姐姐就不见了
不见了她的不再疼痛的地方
甚至不见了她在世上的年龄和名字

我的爸我的妈都没告诉我她的名字
我连思念都只能对着一只蝴蝶
我瞒着爸妈无数遍猜过姐姐的名字
姐姐的长发姐姐的玉米和衣裳

而今天她如一只蝴蝶翩翩飞翔于院落里
向熟悉的树熟悉的花诉说着伤离别
而我又怎样去辨认哪一只是我的姐姐
哪一只如我的姐姐优雅而凄苦

这定是石头一样沉默的清明
我在长满青苔的石头上努力写着梦想两个字

（原载《文学港》2019年第11期）

洪铁城

1942年出生，浙江东阳人。教授、博士、高级建筑师，中国婺派建筑学说创立者。中国诗歌学会会员，浙江师范大学规划系和美术系兼职教授。出版著作29本，在国家级大型报刊发表文学作品百余篇（部）并获奖十余次。

东水西流
——蜗居金华二十多年

9999天前夕，老蜢
孤零零奉命裸奔
从亿万年的岩壁草丛
千百年的雕楼画槛
顺着东阳江、义乌江
滚滚，到了金星
婺女约会的这个婺江
武义江交叉的三江口

身后是古子城、西市街
府城隍与莲花井
面前是垂杨、芦苇、白鹭
明代十一孔石拱通济桥
五百滩似柳叶然后
西有千年古镇汤溪
东有千年古镇孝顺
没见双尖山的火把
桃花早早盛开过了

东水滚滚西流流进
两千年的小小金华府
流往大大兰溪县
波澜不惊地汇入
富春江、钱塘江然后
挤进南北大运河

·东　阳

百舸争流，海阔天空

三江口的的有光
诗兄诗妹们推杯换盏
范蠡下野在此经商
家大业大，富甲天下
陶朱路三字做证
北宋吕氏巨族南迁
第三代祖谦祖俭兄弟俩
在此建了丽泽书院
理学界鸿儒云集
"学以致用"千古流芳
《中国通史》赞曰
全国四大造船基地
全国四大印书中心
李清照登八咏楼赋诗
"水通南国三千里，
气压江城十四州。"

北山，黄初平得道
为仙，叱石成羊
双龙洞卧船进出
满目玉宇琼楼鳞次栉比
冰壶洞日夜吼声如雷
喷云吞雾直抒胸臆
青莲居士、东坡先生
及放翁、朴存们
为之神往，争先恐后

南山之胜胜在九峰
九峰之胜胜在巨人
道祖抱朴子，采过药

渊明隐居，读书授徒
贯休和尚描画赋诗
嵩头陀终于被老蟒找到
携手同登芙蓉峰
七八十级青石台阶
一口气而上，在
高处回望他供职
五十载的九峰禅寺
广布慈悲，爱怜众生
圆寂时弟子们
用悬棺将他安在寺顶洞
洞口神兔神龟把守
1500年来未曾撤岗
当年云游遇见义乌侬
傅翕——弥勒化身
达摩说你岂可无所事事
于是有了顶冠、披衲
趿履，首倡三教合一
梁武帝尊称菩萨大士
还有一位僧人结缘
此地，他的名字叫志公
十二面观音投胎
佛教大乘精神传播者
《五灯会元》立传
常在汤溪一带化缘
至今农家大门上方
挂的宝剑八卦镜剪刀
是他随身背的法器

到朱公国瑞亲征婺州
得胜后在辕门口竖起
"山河奋有中华地

日月重开大宋天"
大旗。旁人只知此乃
南走瓯括，北蔽严明
战略要地；指挥南征北战
大获成功之处
但是，无人知晓
在这里他悄悄地萌蘖
建立大明王朝的梦想

啊！东水滚滚西流
婺州窑橙色大口盆
满盛着一万年的
醇香扑鼻的大米饭
六大声腔形成的婺剧
锣鼓唢呐文戏武做
老蝈听得涕泪俱下
佛手，只雕塑不腐烂
黄澄澄满屋生香
金华火腿美味无双
数百年名声不减

哦！这里的夜晚很夜晚
这里的人民币很人民
飓风不会飓得山穷水尽
暴雨不会暴得汪洋大海
响雷不会雷得震耳欲聋
闪电不会闪得皮开肉绽
大雪不会雪得寸步难行
浓雾不会雾得天昏地暗

人们大踏步地跨江
大手笔地建三环

三架山水大画卷哪
有树，有花，有草
绿的水灵，红的鲜妍
青的葱翠，白的纯净
老蜢亲历期间有幸
9999天自己管三餐
9999日自己管衣着
9999宿自己管起居
暗自唿瑟天天小酒
用满桌子文字佐餐
身没长高，腰没变粗
虽然白了满头青丝
虽然无缘与东莱公对酌
未乘过三江口的蚱蜢舟
没学会黄宾虹的积墨法
没去桃花源买个华屋
就这样，二十多载
蜗居东水西流的地方

9999天发现了一个自己
9999天明白了一个道理
城不在名啊，安居为先
城不在大呀，乐业为要

（原载2020年5月12日《金华日报》）

胡永清

70后,浙江东阳人,IT工程师。中国诗歌学会会员,中华诗词学会会员,东阳市作协副主席,东阳市诗词楹联学会会长。诗文见于《江南》《绿风》《黄河文学》等报刊,著有诗集《清明时节》《相册簿里的时光》。

卢宅故里（组诗）

某夜，在老街逗留

顺石子路拐进小巷
每粒鹅卵石是一颗星星，有光
在夜色下指向古宅，一道飞檐
挑开一座建筑的重

拜访一群满腹书生气的卢姓老人
在旧县志里遇见，在祖先的诗里
遇见，在发黑的祠堂里遇见
风吹不动他们老得掉牙的风骨

隔着拱门，每一个院子都是寂静的
墙壁比月色要白
花格窗里，五百年的灯光
依然如唐宋一样留恋

月光下，马头墙层层迭落
座头是活的，内心里住着兴衰
青砖小瓦是旁观者
看成串的大红灯笼拉住冬天的手

门槛太高，挡住了思绪的漫溢
我如诗人一般游走，近距离
看一个家族的历史，雨打、虫蛀
然后在盛世里，又焕然一新

非遗街区

把一条街区分成数十格
每格都是节气上的刻度
春分酿酒，清明织布，谷雨品茶……

或做一个饕餮之徒
蘸一下红糖，品味南乡与北乡
家乡是甜的

住马头墙的屋子
用祖先的手艺，把木呀石呀雕出花来
石是乡人的品性，木是雨做的温情

做歪歪斜斜的陶罐，咚咚锵的道情
在小弄堂遗失，又再找回
风过去，带来我的童年

长大后，我成了新郎
在一个秋天，送喜礼，迎十里红妆
娶了凤冠霞帔的江南女子

肃雍堂的书声

曾数次寻访，晴天或雨天
在国光门，我轻抚一个家族
九章十八节的秘密
每个面孔都是书卷气的古风
进士、解元、举人，一群花开着
四季都是春天，一群雅儒住着
哪儿都是书声琅琅

在捷报门楣联里看到诗礼千秋
看到卢氏家人把每个字嵌进
方砖的墙，雕花的壁
每盏大堂灯下，都有一个
读书的孩子
每块青石板上，都是
平滑的韵书

我看到大书法家沙孟海的题匾
磅礴大气，长满风声和雁鸣
我听见甲第蝉联的喜报飞马而来
让每一房的窗户点起星星
我看见勤耕苦读雕进梁托
刻进一个家族的基因
成为笔架山下升腾的文气

我收起轻浮，脚步放轻
如朝圣一般在回廊瞻仰
每一根柱子都有旧事，每一块青砖
都染上江南的新雨
相机拍下精美的木雕石雕砖雕
却拍不下一个家族
内在的爱情、幸福与执念

（原载《作家天地》2020年第8期）

李晓春

浙江东阳人，有诗文发表于《散文选刊》《散文百家》《浙江诗人》《辽河》《岁月》《星河》等杂志。

红　果

大地萧瑟，草木见黄
江水枯瘦成影

一簇簇，一团团，你奔放的火焰
耀亮云宇温暖我的湿寒
我叫不出你的学名
却被你的美，一箭中的
你纯粹的红艳
连坚贞的红豆也相形逊色

姑且叫作红果吧
在这个深冬的午后
我心生柔软，一如多年前的爱情
静静地站在天地间
期待一场大雪飘然而下
雪里透红

（原载《浙江诗人》2019年第1期）

在江边

我喜欢江边那些美好的事物
比如银杏
秋来，褪下青衣换上金装

·东　阳

至冬，毫不迟疑地袒露心迹

游鱼
多么调皮，从不经我同意
自由出入我投射的身影
拽出我那些平日里不肯示人

的心绪
而三两白鹭
若即若离
像每天过日子，美好，小心翼翼

单　杠

广众大庭中，从未显山露水
上肢的孱弱让我自惭形秽
画地，将自己牢牢禁锢于长方形的自卑中

也曾许多回在星辰睽睽众目下
不管不顾月光的哂笑
努力跃向那个难以企及的高度，每回都逃不脱
落汤鸡式的自取其咎，这多么

难堪。但并不妨碍我
在那个雨后的黄昏，朝绚烂的彩虹
像鸟儿一跃冲天，在空中潇洒
做出一个扭臂直体前空翻转体360度……

（以上原载《参花》2019年第11期）

卢艳艳

70后，园林硕士，园林高级工程师，国家一级注册建造师。浙江省作协会员，中国诗歌学会会员。浙江东阳人，现居杭州。作品刊于《诗刊》《诗潮》《浙江诗人》《十月》《诗歌月刊》《绿风》《星星》等，著有诗集《飞花集》。

绿萝的繁殖

把一株绿萝从根部掰开
为此它减少了一半的
盘根错节
把一株绿萝从茎节处剪下来
为此它减少了部分的
细枝末节
花盆、土和水——
种好后置于茶几、窗台和书架上
它们有相同的绿
以及被带走的，或者，留守的
不一样的孤单和破旧。像是
彼此的衍生物，又像是对方的叛逆者
在各自不相干的器皿里
谁也看不出来，它们之间
也曾经有过怎样深深的
依赖和挽留

（原载《诗刊》2019年第3期）

风中的竹

风把一排长长的竹梢吹低至
道路中央

涌动的穹隆，就要扣在我头上了

叶和叶之间在急速摩擦
又互相排斥

竹竿几乎要碰到地面。风声外
似乎听到我们体内，都发出
咔嚓咔嚓的声响
我在下面疾走，有着被刺中的危险

我生命中遇见过许多像风一样的人
狂野，易怒，却转瞬即逝
也遇见过许多像竹一样的身躯

纤细，易弯
一旦折断，中空的壁
也许会变成剑

（原载《诗歌月刊》2020年第5期）

吕端伊

2008年生于浙江东阳，东阳市诗词楹联学会会员，东阳市作家协会会员，浙江省少年文学新星。7岁开始在各级报刊发表作品。获浙江省首届儿童诗歌原创大赛二等奖，连获四届全国小学生小古文原创大赛一等奖及特等奖、第十四届冰心作文奖（小学组）诗歌一等奖、第二届长嘉全国少儿诗歌大赛一等奖、第二届义乌骆宾王国际儿童诗歌大赛二等奖。

太　阳

阳光是顽皮的孩子
窗帘羞涩地拉上面纱
可他还能找到缝隙
把金色的手指悄悄伸长

灌木丛中
草地上
就连遍布蜘蛛网的阁楼里
都是他狡黠的目光

兔子的窝被狐狸端了
小野菊的花蜜被蜜蜂偷了
童话书被女王缴了
阳光真是太阳顽皮的孩子呀

一棵被网住的无花果树

无花果犯了什么罪
都说它犯了诱惑罪

网犯了什么罪
都说犯了谋杀罪

·东　阳

真正犯了罪的是什么
是小鸟的无知
是甲虫的贪婪

唉，谁能责怪它们呢
它们不知道
这里是人类的居住区

星　星

星星抱着一小块云睡着了
蛤蟆叫着跳上瓜架
蝙蝠和乌鸦谈论明天吃什么

星星揉着眼醒了
却被车水马龙的灯光刺伤了
躲在小白云后面

星星呀，请你向地上看看
那里有一个可爱的诗童
等着，盼着

（原载2019年11月12日《金华日报》）

兮 木

80后，浙江东阳人。有诗文发表于《江南》《诗潮》《星星》《浙江诗人》等刊物。

·东 阳

给女儿之二月二

苔藓安安静静。对面一株野山桃
开了小小的粉色花朵
往上，云雾辽阔——

一帘小瀑布从山涧泻下
你指给我看地势陡峭的一段
那儿水珠四溅

而我则喜石床平缓的水流
这多像我们，怀着不同的春天
那年二月，你游过漫长河道

捞起我逐渐扩大、下沉的身影
所有的虚与深情都被重新栽种
像此刻，鸟鸣也是欢喜的

时 轮

连续几个白天、黑夜
我们偿还与无数条路的约定

茶马古道还嵌在悬崖，双眼浑浊
一万匹藏香马用血注满金沙江

此刻，一束雪域高原的光立在佛掌心
灿然。心中的不堪与暗潮呀

金刚四首大愤怒、大无畏
却仍是大慈悲，该是轻如尘埃了吗

举过头顶的酥油灯，更像是我
从身体里掏出的骨头

一片雪花穿膛而过

在乡下，雪不能让墓地白头
凌乱的村庄、远山都被它覆盖

历书和碑上字形同一人所写
雪能否解读其中的隐喻

所有人沉默
走后的人，会带走一些白发

鸿珠寺路上没有信徒
黑鸟的停顿让枝头裂开一尺

孤鸣都向着雪缝中的新柏
是亡者在地下举着

雪花一样的旗帜，那么
黄昏的路请它照亮

·东　阳

避世的族人和画师，像雪花
正从我们身中穿膛而过

（以上原载《诗潮》2019年第8期）

新春帖

给女儿讲年的传说
自己体内，有关童年过节的哑剧也开始
孩子乌黑的双眸跳过一个又一个柔软
但她最终无法到达另外的时空

用旧的日子都已走远
留下的，将它们搁在阳光里晾晒
去年那副对联
依然红得像恋人手里的玫瑰

我不想说玫瑰的刺伤人
但我总在梦里
看见更年轻的自己
坐在门槛上，只笑不语

还有满坡的梨花，春光里
它们半醉半醒
将一个个灵魂挂在枝头
芳华，被谁慢慢啜饮

（原载《浙江诗人》2019年第2期）

兰溪

北 溟

原名何慧涵，生于20世纪70年代，金华市作家协会会员。

· 兰　溪

黑暗的暗

在黑暗里，我将面对三样事物
暗，母亲，和星空的浩渺

暗——渊于阳光，终止之地
长出石榴和一盆凤仙

母亲——那阵风，带走了
围裙，旧椅，发卡和前世的我

哦，星空真是浩渺，看不到界
蝙蝠的巢中生长太阳，我无语

观察一棵树

他是一个人，不是一棵树
我观察一棵树很久，很久了

譬如，鸟窝，枝叶婆娑
被砍的树枝没有血，秋天
临近白雪，烧火取暖

像一位褪尽衣裳的老妪
我观察到美，衰老与死亡的秘密

无人注意，冬天凝滞一层红脂膏

于是，某日清晨
梧桐树上爬满浅绿色的蚂蚁
在转身的瞬间，一道闪电穿过
房间，它们飞快地长大……

沉　思

沉思中产生黄金，分泌柏拉图
终有一日人类会停止思考
这一日很近也很遥远

这一日来临时
我不在坟墓里，是在某条通往
黑夜的路上。骆驼，疯子
与圣者，还有星的光芒

（原载2020年8月1日《交通旅游导报》）

陈兴兵

笔名三白，70后，浙江兰溪人，民盟金华市委副主委，民盟兰溪市委主委，浙江省作协会员，金华市作协副主席，兰溪市作协主席。

中秋夜,想和李渔一起看月亮

中秋夜,冷冷的月光里
映照着处女座的李渔
是否还记得
你在夏李伊园花下赏月的样子
你拎着酒壶跟在月光后面追
一直到月斜枝头
醉倒在你自己的影子里

后来,你离开家乡去了金陵
在秦淮河边上看月亮
听着船里笙歌艳舞
水中的月亮被划动的木桨摇碎了
变成了千万只虫子
一口一口地咬在你的心里

每年的中秋赏月是你最开心的时候
黄酒、螃蟹、桂花都是你的最爱
唯独那一年是个例外
船横卧在江心
乔姬的香尸横卧舟中
像水中一枝沉睡的白莲
那天你喝醉了
想跃入水中与乔姬一起化作比目鱼
自由自在
忘掉人世的忧愁

· 兰　溪

晚年你归隐西子湖畔
每年的中秋夜
你划着小舟到西湖的最深处
听着弢光寺的钟声
静静地看月升月落，月圆月缺
身边的那些爱姬
来了又走，走了又来
唯独你和你的影子漂在水面
与月亮的影子一起

很多年过去了
中秋还是那个中秋
在那个爬满青苔的芥子园
戏台上已空无一人
只有静静的月光
在肩膀移动的声音
那些富贵名利的烦恼
都掉到水里
像死去的一条鱼沉下去又浮上来

中秋夜，想和李渔一起看月亮
一起喝酒，一起回忆青春时光
在芥子园的池子边上
随便搭个桌子
光脚丫子就搁在栏杆上
睡莲已经睡着了
只有桂花香飘过来
泡在浓浓的酒里

今年你再也不用去邻居家借酒杯了
用那些一次性茶杯就可以
反正树也砍得差不多了

就连芥子园门口的那棵石榴树
也已经有人在惦记

红酒加了色素之后变得更红
看上去有品位又上档次
月饼里的防腐剂你尽管放心
今年吃不了更利于存放
到明年的中秋依然光泽如鲜

如果你还嫌孤单就叫上几个美女
在那个漏水的戏台子上
咿咿呀呀地哼上几句
虽然唱功比不上你的乔王二姬
但总归是选秀选出来的

中秋夜，想和李渔一起看月亮
然后在月光里谈谈你对人生的看法
当初你父亲叫你当商人
你母亲叫你去做官
可时运不济的你
最后弄得文不文商不商
一生漂泊在酷暑秋风里
只有快乐像最后的一块遮羞布
为你遮挡着文人最后的一点面子

中秋夜，想和李渔一起看月亮
我知道你心里有许多苦
只想跟月亮诉说
你希望这杯酒
是一杯带有防腐剂的毒酒
在胃里慢慢中毒
你希望这个月饼

是一个带有甜味素的毒饼
慢慢地改变自己的口感

中秋夜，想和李渔一起看月亮
看自己的影子由长变短，由短变长
听那些往事由真说假，由假说真
飞短流长的日子成为全民狂欢的节日
你说不喜欢用这种方式过节
与其在唾沫中淹死
还不如让月饼毒死

当十种曲散场的时候
你乘着月光而去
你长长的衣袖飘起来
掠过树梢的露珠
抬起头
呆呆地望着你飞行的方向
月已归西
唯有空空的月光
碎了一地

（原载《诗选刊》2020年第6期）

楚 戈

原名汪建辉,金华市作家协会会员,兰溪市作家协会理事。现供职于浙江省兰溪市兰荫中学,作品散见于《浙江诗人》《少年诗刊》《交通旅游导报》等。

临水而居（外二首）

推窗，观一行白鹭高高低低
来来回回
更远处的坡上有蝴蝶巡游

桃花过时已败
败给了宣纸上的那些同类
而正欲出墙的红杏
被阵阵东风押住，压住
只有芭蕉与芍药从来不多说一句
雨天听雨，晴天晾晒腰身

你灯下绣的一对鸳鸯
怕是针脚太工，太密
昨夜戏了整宿的水
今晨，我就把它们放养了

寻梅不遇

这是注定了的，柴门依旧
人去楼空
踏过的雪，沐过的风
熙熙攘攘，见纷扰
所尽的人事
多半是缘于消磨
少部分才缘于修行

都是注定了的
偌大的虚无里
梅与雪，纷争与无常
从来都是人自苦自
若转去别家
该人面桃花就人面桃花
该红杏出墙还是红杏出墙

桃花依旧

换不换酒钱
这是另一个问题
有一枝
肯定开在崖石的更高处
你说她艳若人面也好
笑羞春风也好
这树下风流而过的
依旧还是昨夜蝴蝶梦见的
那个我——
凤冠霞帔，待人来娶

（原载2020年8月1日《交通旅游导报》）

金　晓

中国诗歌学会会员，中国散文学会会员，在《诗刊》《诗江南》《诗选刊》《浙江日报》等报刊发表诗歌、散文、小说、文学评论多篇（首），有诗歌作品收入多种诗歌选本，出版诗集《太阳的心情》。现就职于新闻媒体。

茶　韵

在茶的面前，我是自疚的
看，那仅仅是两瓣半的小芽儿
当生命还幼小时
就被操练成了
一种精华
为的就是那一杯清水来临时
绽放出清香，乃至一种营养
淡淡的韵味
俘虏了红尘中的俗
当世事，从所有的日子里归来
在午后的时光端坐
茶，是一种最美妙的倾诉方式
修行，唯有静心
于是，我把我深藏在一杯茶中
相谈
月光来临时，发现已相见恨晚
灵魂有时就和我隔着一层柔柔的水雾
那边有一座花园
生长花朵、绿叶以及幸福的梦
人们嘴里的一些事
于是，有了那么一丝甜甜的味道
三巡过后
茶叶一片片黯淡而去
杯中的水
心池里的水
淡定了，这时万物又成秩序

（原载2019年6月27日《劳动时报》）

· 兰　溪

想象一朵莲花

人活在世界上
很快就会过完一生，与谁倾谈

那么，就在下午风格的一间屋子里
想象着
一朵走入民间的莲花
它想的是什么

曾经的遭遇
就在一仰一俯之间
更在一水一泥之隙
变成过去的遗迹

不要中庸，摒弃中和
莲花在淤泥中长而不染
莲子在苦涩中长而不痛

这是一种生命的形态
种一株莲花
养一种性情
如莲的境界悄然而至

突围自己，只需
想象一朵莲花

（原载2020年8月15日《交通旅游导报》）

林隐君

原名林建红，1988年开始文学创作（1998年至2010年搁笔），有作品在《人民文学》《十月》《诗刊》《作家》《散文选刊》等发表，曾获首届玉平诗歌奖主奖、第二届"观音山杯"诗歌大赛一等奖、第五届"月河·月老杯"全国爱情诗大赛金奖、第七届《大别山诗刊》十佳诗人奖等，现工作于浙江省兰溪市文联。中国作家协会会员、中华诗词学会会员。

·兰 溪

和友人谈改革开放四十年

以前话聊，用手，八分钱的邮票，爬山过坎
后来改在了报亭打长途，慢慢地又移到了家里
看不见的电波，衣冠楚楚，倾诉着浪花
然后是手机，翻盖的、键盘的、触摸的，日新月异
再后来是QQ、彩信，现在是微信、微视频
灵巧的手指，连接起八千里路云和月的时空

以前是机耕路，泥泞的时候，走起来先上前
再退后一点，像慢三步，后来是水泥路
推动了生活快节奏的引擎，再后来山河开工
日夜在忙，公交车一天光临八次
春风更像规划设计局，通省道、建乡企
现在瓦房转为小楼，小站迎来高铁，有永动之美

以前一穷二白，死工分，苦劳力
后来创造，带动了科技；创新，带动了产业
惠民政策，一个接一个，引宏大叙述
现在是城市化的乡村建设，带动荷尔蒙的气息
八八战略龙虎腾跃，金山银山鱼龙变化
湖水幽蓝，天空瓦蓝，世界的蓝图，比想象中更蓝

以前手表、自行车、缝纫机，甜中加着蜜
后来冰箱、彩电、洗衣机，幸福止于斯
然后喝茶，高谈未必涉及东家长，西家短
但必有空调、电脑、录像机，发烧着我们的执念
现在品茗，阔论不谈房子、车子、银行卡
但有诗和远方，有微醺的灯火对应着满天的繁星
幸福无处不在，像巨鲸，在大海里激起浪花

以前谈梦想，生活，能有一份工作就好

学历，识字就行；养儿，防老就行
后来谈名校，谈品牌，谈人生，谈衣锦还乡
现在谈初心、核心价值观，谈中国梦、"一带一路"……
滚滚热词，溢于言表，一边心系苍生
一边磁场带动气场，大江静犹浪，有丘壑万千

（原载《西部》文学双月刊2019年第1期）

宫 殿

我有一座宫殿，心肺，直抵木质的王朝
它的主体由松柏构成，植有明月
其余的部分，为梅竹之类，不惧苦寒

里面的很多时光，都是用旧了的
神主的牌位散出香，炊烟舞动木琴之弦
推开窗户，草木欣欣，接近着蓝
大日和明月，都由清露打造
当我对它们仰望时，一颗心是温暖清澈的

当我俯首，我已在自己的殿中
书香重于黄金，典籍含着青铜的骨骼
好似有许多戒律，可由自己做主，暂且放下
但有莫名的敬畏，让脊梁挺得更直

我当然承认，其实我的宫殿，很多时候
只是一座小小的草堂，气候尚在形成
所以当雷鸣击打着窗户，肝胆会有些许的轻颤
像个刚刚走向道场的人，还需再提振一口地气

（原载《诗刊》2020年第5期）

苏 夏

本名包涵，1984年生，出版诗集《向着黎明出发》《世界末日颂》《朦胧与沉沦》。诗歌、小说发表在《美文》《中国诗歌》《江南》等期刊。2019年8月，参加第七届浙江省青年作家研修班。

向着黎明出发

我抬头仰望天宇的一瞬间,
整个世界变得一片黑暗。
如此之黑,几乎看不到身影;
如此之黑,就像子夜的极限;
如此之黑,仿佛处在地狱的深渊;
如此之黑,恰似世界末日的降临。

我的船夫撑着乌篷船,
我举着小小的一盏油灯,
一同漂游在那像夜一般漆黑的
河流上。那窄窄的河道呀,
仿佛我生命的一个勒口,
又似一生中沉重的绝望之石,
压得我喘不过气来。

两岸峰峦叠嶂的群山,
威武险峻地屹立于江面;
若不是黑夜将它们遮掩得模糊,
定能将我们前进的决心打垮。
幸好是黑夜啊,将世间一切
恐怖的东西深深地掩埋。

可是我们依然漂游在
那像夜一般漆黑的河流上,
再也看不见璀璨的星辰,
再也听不到婉转的鸟鸣。

· 兰　溪

世界几乎成了一个真空的球体，
除了黑暗还是黑暗，
除了寂静还是寂静。

我几乎爱上了这像死亡
一样静谧的黑夜，
在一个寒冷的冬季夜晚，
在一条曲曲折折的河道上，
我度过了生命的坚冰期。
从此，我的青春、我的爱情
和我所钟爱的完美主义生活，
全都沉淀于冷冰冰的河流之底。

倘若我能从这黑暗的
梦境中苏醒，
定有黎明的曙光
打破这漫长的黑夜，
哪怕只有火星般的大小，
我们也会感到无限的欣慰。

我的船夫说：可别相信它呀，孩子！
纵使我们付出一生去努力拼搏，
仍旧逃不出残酷命运的束缚，
因为啊，前方的路一片黑暗。
我说：前进吧，前进吧！
就算永远看不到黎明的曙光，
我们还是得无畏地向前出发，
在这个像死亡一样静谧的黑夜。

（原载2020年8月15日《交通旅游导报》）

严敬华

浙江兰溪人，出生于20世纪70年代，浙江省作家协会会员，兰溪市作家协会副主席兼诗创委主任，作品散见于《诗刊》《诗林》《诗潮》《诗歌月刊》《飞天》《星河》等，出版诗集《雨中的紫丁香》，现居浙江杭州。

银杏叶落的午后

太阳在消退光芒
鹅黄色故事站在风口决绝而优雅地纵身跃下
云山溪谷是场宿命，如此质感和迷惑

青涩的岁月，鲜花和掌声让笑容柔软
幸福来得这么恍惚，足以蛊惑一段完美的舞蹈
每一片阳光在风中摇响生命最后的跳动
和时间对峙，反复演练成春天的背景

（原载《诗刊》2019年第6期）

靠近时雨巷

一路走来，生死枯荣空泛着油光
刀锋战士的姿势仿佛是场宿命

那些被反复肢解的时光
换个位置，在一亩三分地里练习新的种植

靠近时雨巷，靠近流水的营盘
隐秘的梦，仍然被铁打的兵追逐着——

莽撞总会浮掠起一些不经意的曲折
需要一场应时雨来喂养信念

痉挛的裂口蜿蜒起伏
以疼痛方式说出生存法则，然后昼夜迁徙

来！构筑起废墟里鲜亮的神明
内在的一切，会血液一样自在流动

岁月终将温柔，等待光线慢慢地穿过
一大片暗物质的旧梦，竟如此敞亮

渡

冰封渡口，河水在静默中爬升
岁月一挥手，盗火者的片羽便近乎灰暗

花园里的玫瑰在梦游中纷纷飘落
那片海，搁浅在海角和天边

飞鸟渡过无数个伤口
总有一些无休止的浪不停地在路上寻找鹰的轨迹

然后，那么不经意地踏了过去
穿过冬的回廊，让我遇上另一个世界
在吐露港的拐弯处捡拾起一地的时光碎片
精心把废墟雕刻成宫阙，星辰点点

此刻，有歌自天地线水面行走
时间温柔的声音是自我再生的呼吸
如是明澈，所以阳光

·兰 溪

我们以诗,邀约春天百花开

淫雨初歇,云朵已然打开,在胡桃里——
我们以诗的名义做一次风的荡漾

我们要让风吹干这个春天,好让雨的种子
在大地的子宫里发芽

我们要让风掀掉软腐的记忆,好让惊艳在枝头悬停
长出一对对阳光的翅膀

我们要让风劈开暗处的阴郁,好让那苔藓的绿
举起童话的模样

这是春天该有的万物生长。梦幻来临——
每一次触动,都是一次聆听与吟唱

那些美好的事物穿过文字,那些隐喻互相渗透着
从黑暗中挤出光芒,从灵魂里迸出力量

——终于,袍子里开满了温暖
锦衣夜行的王者,解开了春的衣裳……

(以上原载《飞天》2019年第11期)

磐安

李宝山

生于1965年,浙江磐安人。1991年毕业于杭州大学中文系,现供职于磐安县图书馆。

致妻子

总有一天
太阳会在我眼中熄灭
那时
一切都将变得美好
没有人惹你生气
也没有人阻止你生气
没有人催你早睡
也没有人阻止你早睡
你看着天空
你不曾仰望的天空
有半块月亮
你看着大海
你不曾俯视的大海
有一片孤帆
那时
你学会了思考
你有了些许埋怨
习惯思考的李宝山
从没提醒你思考

其实你有太多的埋怨
埋怨白天太白
埋怨黑夜太黑
埋怨清早来得太早
埋怨夜晚来得太晚

上天给了你当妻子的机会
也给了你当母亲的机会

上天赐给了你两个男人
虽然一个正在衰老
但另一个正在成长

家乡的边缘

家乡的边缘灌木丛生
黄花菜低调生长
杜鹃花指引道路
家乡的边缘细雨绵绵
浓雾遮住远方
诗歌淋湿诗人
家乡的边缘靠近天空
昨日阳光照亮雨露
今天雨露浇灌阳光

家乡的边缘
泥土更肥沃
道路更泥泞
家乡的边缘
松鼠跳得更欢
小鸟叫得更响
站在家乡的边缘遥望家乡
我看见了炊烟和饥饿
看见了田野和曲折
看见了晒场和稻草垛的悠闲
也许
家乡的边缘仍然是家乡

（原载《浙江作家》2019年第12期）

滕美华

生于1974年,浙江磐安人,金华市作协会员。爱好散文和诗歌写作。

海棠和樱花

一个人自我对话久了
就想去见你
海棠和樱花之间
隔着的
远不止枝上的刺
重重花影下
欲觅那朵
怀揣记忆秘密的一朵
再热闹的春光
都是单一的
再繁复的心事
自己，是唯一的看客
一瓣又一瓣的落花
即将发生的，正在发生的
以前都曾发生过

胡颓子

我知道，所有的
光阴都是可以用来偏爱的
就如，我偏爱橙、橘、柑的暖色
也爱胡颓子的喜庆
我想将它的果子酿成甜酒

若干年后，邀你共饮
满座高朋
我的眼睛必望向
默默饮酒且不多话的那一个
若你对我有所偏爱
我会心怀歉疚
因了自己的薄凉
想到这些，窗外那只
褐雀替我唱起了小雅歌
一遍又一遍

仲　夏

仲夏的玫瑰
对我细语
一直往前走
只要走得足够久
你终将追上自己的灵魂
循着芳香的气息
栀子花都开着同一种颜色
它说
我会让爱我的人知道
这是我最喜欢的颜色
于是，我知道
对生活
我爱得用力而笨拙

（原载《浙江作家》2019年第12期）

吴警兵

生于1968年8月,浙江磐安人。著有诗集《春天开始的地方》《无风不起浪》《磨刀石》,主编诗集《春天正在醒来》。

·磐　安

大海，有它小小的偏执

海岸的长鞭，抽动着潮水
浪花比船头还高，却一次次败在
自己的身体里。礁石无动于衷
背叛与阴谋交相辉映

欲壑难填，这蓝色的洞穴
所有的归附都形同虚设
不断地靠近，时光才是最大的难题
乌云在向谁低头？雷霆的马尾巴
已暴露无遗。大海这小小的偏执
使我找不到一条遮丑的缝隙

秋　月

一切都安静下来，万物黯然失色
影子成了主角，相互缄默不语

灵魂出没在风的末端——
抵达与被抵达已是暧昧不清

情绪不断扩展，谁也降伏不了谁
时间只是走走过场，沉浸在唐诗宋词里

销魂之夜从不曾间断，在黑暗的深处
——捅出这么一个圆圆的漏洞

倾泻下来的一片银白,改变不了什么
人世,又多了一名情感的杀手

怀疑是不可言说的真实

静下来,往深处想——
收买所有的黑暗。酒与刀尖

穿透与生俱来的事物
像早晨的阳光,明晃晃的

一切尽在掌握之中。所有的道路
——都是单向的直行线

弯曲的影子如鬼魅附身
拥挤得以避免,偶遇得以产生

阴暗与陷阱不可辜负
这一刻,跋涉即是抵达

在无念岛

清空自己,让渡给一片水草
如迁徙而至的候鸟

光阴的骗局里,芦荻无念自在

默而不语,远离湖水的供奉

如远离尘嚣和浮华,不再需要
去思考什么,像静水一样

在深处流动,像干枯的湖水
——隐而不见

香油洲

无非是一片水域的逃离
或避而不见——

无非是一片草地
肆无忌惮,地老天荒

无非是微不足道的蓼子花
低调奢华,恍如隔世

无非是一念之间
——像陷阱般引人入胜

(原载《文学港》2019年第6期)

姚徐刚

生于1984年7月,浙江缙云人,金华市作家协会会员。有作品发表在《浙江诗人》等刊物。现居磐安。

等 你
——写给女儿姚百合

等你,是在幸福的岁月里
宁静地守候,是这躁动的世界
无法夺去的温柔

等你,在我生命的某个年轮
从七月夏蝉翅羽的鸣动
到秋叶纷飞的穿越
那些在我骨骼里生长的故事
要在一个杜鹃花盛开的日子
全部复刻到你小小的掌心

那时我把河流的声音
蔷薇的颜色
春天阳光的味道
编织成一件温暖的羽衣
在初见之时,送你最灿烂的礼物

将来,时间足够
你留起长发。我愿牵你的小手
种一片百合花
和你一起读一首诗
诗的名字叫《等你》
里面每一个字,都铭刻着爱的预言

回　来

小巷口流浪的猫一定会回来
去年开过的紫云英，一定会回来
我暗恋过的女孩，一定会回来
被时针和分针所固定的时间也一定会回来
被你硬生生撕碎的，也一定会回来
你把一切答案写在一张纸的背面
等他们回来
你的翅膀所生成的光影
足够覆盖整个银河系
你在白雪茫茫中
独自等待
你相信擦肩而过的背影，一定会回来

一场戏

生活是一场戏
坑坑洼洼，扑朔迷离
唱念做打
我认真去演
掌声，嘘声，都听不见
只希望等我退场
有人偶然会想起

（原载《浙江诗人》2019年第4期）

张彩飞

生于1970年，浙江磐安人。作品散见于《诗选刊》《浙江诗人》《长江诗歌》等。

疑　是

疑是我今晚虚构了
江湖上久已失传的一阳指

疑是一阳指打通了
我头上背上堵塞的经脉和穴位

疑是九阴真经注入我的体内
血归血，气归气来，魂归魂

疑是一阳指和九阴真经
化解了我多年的忧伤

忘　记

忘记也好
像王晓明忘记了三班的王二翠

忘记也好
像星星忘记了点点萤火虫
妈妈忘记到底存了多少钱

忘记出生证明，忘记故乡的炊烟
忘记隔壁的死人和活人

最好忘记自己是男是女
有时是骑着马佩着剑的王子
有时是春风得意的娘子
有时是一阵风,可以跑很远

水果筐里发芽的山芋

你们离开得太久了,你们
离开多雨的季节和湿润的
泥土太久了。以至于
你们想象不出外面的蓝天有多蓝

你们被丢弃在一个被人遗忘的筐篓里
默默地度过了一个寒冷的冬
一个悲欢离合的春,一个即将
枝繁叶茂的夏就在房子外面,你们无缘
与外面翠绿的生命道一声:"你们好!"

这意味着你们即将枯萎,即将消失
但你们还没有完成最后一个心愿
繁衍后代,喂饱流浪者的饥饿

是多么于心不甘哪,就这样
让美好的时光白白流逝?不
你们伸出探望的绿芽,伸出你们的渴望
伸出你们拥抱大自然的决绝

像无声的抗议,像有色的争辩

(原载《浙江作家》2019年第12期)

陈忠良

生于1969年,浙江磐安人。业余爱好写诗。

父　亲

父亲多像一列呼啸而过的列车
还没有到站，中途就匆匆下了车

他是我最亲爱的人
一想到他这么早就离开了人世
我就会失声大哭

——我大哭，因为我感恩他给了我生命
抚养我长大成人

他是在夜晚时被命运扔下的人，于是
如今有时我会上午写，下午写
或许那样夜晚就不会来得太快

古　井

这是天上的水神
一不小心落在了人间

在清澈见底的水井底
我看到了人们曾经的那份安然

大雨过后，偶尔水也浑浊

各种惋惜的声音
有时也会在井旁捎过

我所有的喜好
并非能长久坚持
如此这般
又岂能与昔日细腻的水波相提并论？

今日，在故乡
古井早已淡出了人们的心中

令人永远无法忘却的是
它曾经饱含了一颗默默奉献的心

（原载《浙江诗人》2020年夏季特号）

胡海燕

80后，浙江磐安人。入选浙江省作协"新荷计划"人才库，2020"新荷十家"。

天空之眼

不知道还能相信什么
这世间，爱恨、成败、生死
——都自带光环

不止一次站在
悬崖之上，尘世的秘密
越来越深不可测

日月星辰，遥控着一切
所有的道路都已遁形
虚拟的花朵

——善于指点迷津
每一步如临大敌般的设限
都是在成全自我救赎

玫瑰的心事

带不带刺，并非自己的选择
比如我爱的这一朵

它敢不敢开心扉
也不是春天能够做主

被层层包裹的，好像是
——我自己的秘密

（以上原载《浙江诗人》2020年夏季特号）

洵芙

80后,浙江磐安人。爱好诗歌、美术和旅行。

天空之眼

杜鹃花盛开在山顶
鲜艳的红滴落，向下流淌

进入我最底部的眼睛
它们在城市的边缘栖息

仰视，玻璃拼接的巨眼
像空拍的科幻巨作

湛蓝清澈的眼眸
看穿了所有旅行者的意图

沙溪玫瑰

两棵古枫杨树
像绿色火焰
点燃了满园玫瑰

沙溪的水，清澈明亮
仿佛从未流逝
万物得以照见自身

光阴，被热烈灼伤
白云停在上空
没说半句安慰的话

（原载《浙江诗人》2020年夏季特号）

浦江

飞 墨

本名吴才进,中国诗歌学会会员,金华市作家协会会员,唯美诗歌学会执行会长、副主编,《中国小诗苑》副主编。出版诗集《斜阳仄梦》。作品散见于《星星》《散文诗》《参花》等,入选多种选本。

·浦 江

一群麻雀享受昏黄的生活

一群麻雀享受昏黄的生活
它们每天相约傍晚时分
叽叽喳喳，热热闹闹
欢快地敲打醉陶的晚霞

一群麻雀享受昏黄的生活
无须听懂它们到底说些啥
高兴的劲儿压弯树梢
不管不顾，无视时光将老

一群麻雀享受昏黄的生活
它们没有蓝天高翔的争吵
扔掉白云奋飞的向导
不知道是否歌颂爱情
也甭管是否礼赞甜蜜的生活
它们叙说的都是自己的心里话
或是日常的柴米油盐
或许是每天的见闻和温饱
它们不在乎风云和气象
变得好与不好

一群麻雀享受昏黄的生活
它们每天相约傍晚时分
叽叽喳喳，热热闹闹
欢快地敲打醉陶的晚霞

（原载《江南》2020年增刊）

洪群晓

笔名忆君,浙江浦江人,金华市作协会员,中国诗歌协会会员。获中国诗歌协会第三届"我们与你在一起"公益好诗歌银奖。出版个人诗集《在秋的拐角处等你》。

·浦 江

麦田是父亲的守望

火车在奔驰
一匹脱缰的野马
所有的都快速闪过
唯有那一片绿色在心里扎根

越来越旺盛
那是父亲的土地
挥汗如雨
期待沉甸甸的麦穗

一块面包里仿佛嗅到父亲的汗水
还有那打磨多年的锄头、镰刀
仍然很生动

如今,我们是南飞的鸿雁
麦茬金黄一片
他的根依然温暖
他曾经是父亲所有的希冀

饮鹤川

我想象你的模样
想象你展翅的俊朗

你是宋濂笔下遗留
下来的一阕词
有了飞翔的高度
也就有了平仄的韵味

你在空中画个弧线
你在水中蜻蜓点水
一撇一捺
把浦江的山山水水
临摹得淋漓尽致
浦江
因山而青因水而绿
有了白鹤
也就有了浦江诗意的春天

（原载2019年诗集《在秋的拐角处等你》）

罗璟玢

浙江浦江人，浦江县夕阳红记者团记者，浦江县作家协会会员，金华市报告文学学会会员。诗歌《翠湖，你是一颗耀眼明珠》获得四季诗歌诗会优秀奖。

倾盆大雨

在这无眠的夜里
交响乐争先恐后为我奏起
也许是半夜里看不见
于是只能漫无目的
一个劲敲铁棚，敲车顶
敲在柳树上
敲在水泥地上
叮叮当当
咚咚锵锵
哗啦啦
沙沙沙
我打开窗户欢迎
有点受宠若惊
这场景是不是盛大了一点
是不是太隆重了一点
回答我的更是一阵阵热烈掌声
掌声落到地上
化成一朵朵旋转的花儿
瞬即消失
我呆愣愣地看着
默默地关上窗户
美美地享受着
这交响乐团为我的演奏

（原载2019年12月14日《青岛晚报》）

・浦 江

蓉 儿

本名张笑蓉，浙江浦江人，浦江县作家协会主席，中国诗歌学会会员，浙江省作家协会会员，中国小诗网副站长、副主席，《中国小诗》《浦江文学》主编。出版个人诗集两部，有诗及小小说等文学作品发表于《诗刊》《星星》等刊物及选本。

你摸到月泉的脊梁吗？

你摸到草的脊梁吗
仙华山的草也有命，也有
明月映照之心，半尺绿色是掌纹
也是世相，初叶蚁，细小
没有人知道它们是挑夫
是山的骨头，你摸到脊梁吗
像摸到父亲的驼背，他化作桥
指路牌，写满家训的老墙
化作一条，洗脸可见的月泉
来到手心，他已化作
我们眼前的一切，在浦江
拱起的土地上，你看到了吗

（原载《诗刊》2019年第3期）

在上马山隧道前

秋风，将山上的树木都染上了黄昏
一群建隧道的人
正从山里面出来，他们的工装
也像树叶一样黄黄的，还有少许油渍
那是风不小心说起的疲惫和十八点半

·浦 江

他们其实不是山上的树木
也不是秋风，他们有比秋风更大的本事
能把岩石一口一口咬碎
直到把整座大山贯穿
咬成一段一段空空的时光

他们能让一辆辆汽车
把空空的岁月填满
从山的这头穿过山的那头
而山却不动声色
春天依然绿，秋天依然黄

我问工人朋友，你们开采隧道是什么感觉
他们犹豫了一下
说，穿山甲是我们的祖师爷
说完，憨憨地笑了

我也笑了
为我之前给他们的比喻，阻止了某次事故隐患

乡村公路带我到象田

乡村公路到了这里弯了个弯
赖着不走，象田村
有许多灼人的乡愁，正不管不顾
开在栾树的枝头

后山那一级级台阶，不断地向上延伸
他们用所有的东阳话

邀请旗袍，邀请花伞，邀请徐娘
表达他们的热情和真心

小黄狗跟着，让一些亲切
像树一样排列着，迎接
隔着卵石砌成的红瓦房，它把乡愁叫得
汪汪响，那声音就像刚榨出的麻油

这个季节，蝉鸣已经停止
故乡，倒影在池塘里
荡漾成象田婶婶亲切的微笑
一圈圈，那么宽容，那么谦卑

洋港口黄昏

陈国儒终于站到了岸上
黄昏霞光暖色，洋港口几条搁浅的船
喘息着，牵挂人间的大路小路

水上的路，他提起又放下
四十多年，在波浪上奔走
他依然记得划破了多少水里的月亮

秋风吹过江面，对岸传来
一朵菊花的消息，祝福消失在词里
余生他希望不再为水忧伤

（以上原载《绿风》2019年第4期）

邵彩菊

浦江县委党校高级讲师,金华市作协会员。有两篇论文发表于省级以上刊物,有10多篇论文分别在省、市、县获奖。2016年6月开始学习作诗。

神丽峡，南山舞出的一条绿绸带

一

这里的野花都是金屋里藏着的娇
你看，漫山的绿罗帐
阳光下金碧辉煌
蜜蜂是她们勤劳的清洁工
蝴蝶甘心当丫鬟
鸟雀们组成一支大型的乐队
长年免费驻唱
绿水穿罗而过，却不湿帐
在人间，这像是天方夜谭

二

这里的水戴着美瞳
搽着花香的脂粉
千百年来，始终十八岁
明眸皓齿
鱼儿碰她一下都不好意思
我不知道她从哪来，想到哪去
那是少女的心事

三

这里是在南山
请允许我发挥想象

山间的小木屋，陶公应住过
栅栏上的野菊花
该是陶公采过的那一株
门前那股纤细的小飞瀑
仿佛东晋的风从身体里穿膛而过
舒坦、敞亮
抬头望，陶公正在对面的山坡上

四

这里是神丽峡
南山舞出的一条绿绸带
如果你来，不必告诉我
景区门口那棵大树上
爬得最高的红灯笼
早就把你的信息透露给了风
遍地的绿叶捂不住它的嘴
满溪的流水挡不住它的路
你还没到，消息已传遍了整个峡谷

（原载2020年5月30日《金华日报》）

吴重生

浙江浦江人，武汉轻工大学农业推广硕士学位，中国作家协会会员、浙江省作家协会全委会委员，杭州市上城区作协主席。现任浙江日报报业集团北京分社社长，浙江传媒学院特聘教授、硕士研究生导师。已出版个人专著11部。文学作品散见《人民日报》《光明日报》《人民文学》《诗刊》《上海文学》《中国诗歌》《诗歌月刊》等。

·浦 江

等待春风,把院子唤醒

我想要有一个院子
背靠太行山,门临十渡河
还有喜鹊在门口的梅树上鸣叫
院内空地上有鹅黄的鸡雏
院里有两株高大的紫藤
紫色的花瓣,阵雨一样落下
落在每一条地平线上

我想要有一个院子
面向全国招生,可以谈诗论画
也可以讲讲企业策划
那么多的故事闷在肚子里
应该放它们出来呼吸新鲜空气
我就当暑假里的老师
其他时间就去五湖四海旅游
让装满笑声和读书声的院子
等待主人每一个归来的日子

我想要有一个院子
不需要太大,也不要辉煌的装饰
黑瓦铺的房顶,篱笆做的院门
要有一间教室,至少容纳百人
要有一间画室,可画两米长的大画
要有一个书房,满壁图书散发书香
院子里要有桂花树,迎着月亮生长
还有一个鹅卵石筑成的水池
养一些红鲤鱼在水里游来游去

十渡，十渡的院子呀
还有一渡在梦境里游弋
还有一个院子埋没在荒草里
还有一个希望在黎明的光里
等待不期而遇的春风
把她唤醒……

水中石

暮云四合时分，你在岸上
看我在大峡谷的溪里捉石
赤足，俯身，聚精会神
一块块石头像一尾尾鱼
在你的注视下放生

水中石呀，多少个日夜
你见证鱼类迁徙、水草生长
见证岁月流逝、天地永恒
而我此刻在淘洗你
仿佛在淘洗自己褪了色的青春

水中石，我将带你走出大山
去往平原，那个我借以栖身的城市
我将与你朝夕相处，对视，私语
就这样让岁月老去吧
有石相伴的日子就是永恒

（原载2020年诗集《捕星录》）

·浦 江

西 渡

诗人、诗歌批评家,清华大学中文系教授。1967年生于浙江省浦江县。1985年考入北京大学中文系并开始写诗,20世纪90年代以后兼事诗歌批评。大学毕业后长期从事非文学编辑工作。2018年调入清华大学。著有诗集《雪景中的柏拉图》《草之家》《连心锁》《鸟语林》《风和芦苇之歌》(中法双语),诗论集《守望与倾听》《灵魂的未来》《读诗记》,诗歌批评专著《壮烈风景——骆一禾论、骆一禾海子比较论》。

天使之箭（组诗）

在海上
— 为高兴而作，兼致池凌云、戴潍娜

这船渡我们去另一个岛。
离港的汽笛声中，热带的风景展开，
棕榈、椰果、泳衣和黑皮肤的姑娘
挨次走过旅行者遗忘在海滩的墨镜。
我们并排站在甲板上，说着大陆的往事。

这四层的渡船负载着众多的灵魂：
小贩、白领、公务员、逃犯和
尾随的便衣；他们携带的背囊
和不能装进背囊的心事。这些陆上的居民，
信靠它渡越这一片平静的海，
他们的座驾和牲口待在潮湿幽暗的底舱。

中午时，海鸥来到我们的餐桌上
像一方叠好的手巾，作为海的礼物
奉献给我们身边美好的女性。即使在海上
她们仍然是最灼目的风景，
让我们的谈话在海的中央点亮火焰。

我说：船是人对于海的反信仰。你说
其实船并不负载我们，负载我们的
是我们脚下的波浪。而你曾独自渡过另一片海，
另外的星辰指引那里的航向。

· 浦 江

在那片更加幽深的海上，你是桨手，
也是船长，负载同样杂沓的灵魂，
昼夜往来如穿行于隧道。你和她们都懂得我说的是什么。
无可置疑的是，你的渡船是一束提升的光，
渡我们向另一片光明的海，而你孑然一身
留在未完成的海边，眺望潮汐……

天使之箭

假如有人正好在你面前落水，
你伸手还是袖手？可能的选择
与水性无关。或者你也落水，
你帮助别人，将使你更快下沉。

你拒绝帮助别人，就有天使
从空中向你射箭。你要怎样行动？
或者再换一种情形，你救自己
就拖别人的后腿，否则灭顶。

救自己还是救你的邻人？
每天面临的选择考验着
脆弱的自我；所谓人的出生
也许就是被爱我们的所遗弃。

随时可死，却并非随时可生，
就是这原因让哈姆雷特的选择
变得艰难。这暂时的血肉之躯
我们加倍爱它的易于陨灭。

人生总由错误的选择构成，
而不选择是更大的错误。

学习生活，却难以重新
开始生活；告别永不再见。

上帝并非善心的父母，置我们
于生死的刀刃，观察我们受苦。
人间的情形从来不曾改善，
天神何尝听到你我的呼告？

魔鬼却一再诱惑我们的本性。
活着，就是挑战生存的意志；
这世界上，只有爱是一种发明，
教会我们选择，创造人的生活。

台风过境

台风吹倒了台柱子，仿佛
公牛闯进瓷器店，这南方
知识分子的小社会一片混乱
确证了学术和头脑皆不可靠
老教授的哮喘病犯了，他的
语言学遇到气候学的瓶颈
一身短打的社会学讲师突然
领悟自己的不合时宜，脸色
苍白，隔壁的逻辑学助手
不停张望阴沉的天空，而中年
的文学时钟在宋词里停摆
只有北方来的民俗学新生
在课堂上一再臆想哪吒的
缚妖索：捆住这海上的老妖
送进老君的炼丹炉炼丹丸
兴许可以治疗大地的雾霾症？

·浦　江

诗人的恋爱

新诗人爱上旧人物，无中生有
的爱情故事，算不算传奇？
新诗人孤僻，放不下，拿不起，
旧人物的舞台可广阔，吟诗填词
写字，画画，教洋人唱戏，
游园不惊梦，桃花扇底风，
歌舞介白样样精。沧海桑田一回首
赢得新新人类满心的钦敬。

新诗人苦吟旧辞章，痴人说梦：
"我有你怀抱的形状"。一日一信，
全没有答复。你在楼上看风景，
看风景人在昆明城双双看电影。
"你我都远了……"可并没什么
鱼化石，只有一番唇舌的搬弄：
"啰里啰唆的诗人不能惹……最好任
病毒慢慢发，自行发完讨厌的神经病。"

洪　水

大批的猛兽从洪水中爬出，
很快消失在森林的深处，
人们从山上下来，掌起灯，
挖出第一个泥巴的洞穴。

星　空

西府海棠的枝上有一座星空。
石榴的果皮内有一座星空。
美丽的人儿，你的眼中映着

一座星空，你的泪映着另一座。

东风夜

这一夜，有东风吹过，木兰迎风开放，
操场边的琴房里，弹琴的人关上琴盒。
穿白球鞋的少女沿星光的梯子跑上天堂。
在雨的薄壁里，怀乡者割出爱情的宝钻。

霜　降

这一日，雾霾散去，桂花放香，
蜜蜂返回蜂巢，抱成褐色的云团。
放学的孩子在山里失踪。
星光溅在穷人的屋顶上，浪打浪。

（原载《江南诗》2019年第6期）

张春玲

笔名陈陈（莺），祖籍浙江省浦江县，居浙江温州市。浙江省检察书画协会会员，温州市作家协会会员，浦江县作家协会会员。有诗歌、散文见于《当代诗人》《中国诗》等报刊和诗歌网络平台。

雨 夜

独坐窗前凝望
雨水不时飘到脸上
街灯昏晕
蒙蒙照出藏有心事的老宅

客堂上，那把古琴
把星星揣在兜里
守着黑
有了年轮的芙蓉树
片片叶子翻飞夏的路
荷叶上的露珠是

蝉的泪，夜很静
老宅的心事，像一条悠长的小路
一些已经模糊的足迹上
有一些新的脚印

（原载2019年12月16日《温州日报》）

·浦 江

朱思莹

教师，浙江浦江人，中国诗歌学会会员，有诗文在《意林》等全国各级报刊上发表。

等　待

星空留住黑夜和赞美
原野留住芳香和欲望
而我，只留住那片灰色的记忆
它像榕树的气根
笔直下垂，扎进我的土地
独木成林

目光中，只剩下惨淡的事物
不再张扬的河流，几声鸦鸣
掠过空荡荡的田野，曾经
新鲜光亮的石桥，如卸了妆的
枯槁妇人，呆滞、缄默

六月天，一如既往地
热情又诡异，不断疾速地变换表情
让人觉得，终结之后
那片盐碱地，也可能
突然醒来

我不太渴望拥有

这个世界上，属于自己的一切
从来都是刚刚好

·浦 江

所有的美好与丑陋
其实都是同一张面孔，只是
存在于偶然变换中
欢笑和悲泣的交相辉映
才是人类最大的真实

我不太渴望拥有
无所不能的空气，掌控不住
云滴，奈何不了骤雨席卷大地
如果，我们拼命想挤进彼此的时光
每一寸落日，都会变成缺憾的支撑
那把演技出众的六弦琴
那篇点化性情的文字
那个错综复杂的棋面
那个欲望茂盛的春天
我们都要舍得忘记
那些已经虚无的星辉
才会在天空中，渐渐充盈

（原载《诗歌月刊》2019年第10期）

朱耀照

浙江浦江人，教育学硕士学位，高级教师。浙江省作家协会会员。作品在《新民晚报》《海外文摘》《散文选刊》等报刊发表。

·浦 江

木匠父亲

随着斧头狠狠劈下
揭开的木屑像波浪一样卷起
杉木的香味像厨房的水汽弥漫
根根梁木平整光洁如少女裸露的身躯

锯子、刨子、凿子
轮番上场　是他骨瘦如柴的手里小小的玩具
椅子、箱子、八仙桌
像众多的走马灯围成了地球的一圈

像虾卷着身子的弓背
气管炎如影随形
他的阵阵咳嗽
让黑夜有挖心窝一般的疼痛

高大的房屋竖了起来
他匍匐着　像一只有恐高症的蚂蚁
没上过半天学的文盲
竟成了村里第一个大学生的父亲形象

（原载2019年6月14日《阿坝日报》）

武义

陈小如

70后，又名倾尘。偶尔用诗驰骋梦境，武义人在宁波。

靠近花朵（组诗）

一朵，又一朵

不管想什么
拐几个弯总会想到你
那些想说而不敢说的情话
已经藏了
一整个冬天

眸水刷洗过的小桥
折叠了
无数昼与夜
桥下的水
缓而不见波澜

像笑而不语的女子
恬静幽居

岸边，十里梅花林
腊月里，一朵含苞，一朵微微绽放

蕊心里
都住着柔波万顷

有一个路口，生长爱情

有一个路口

会开一朵轻盈的春天

川流的人和车
都会调成静音的模式

草丛里
虫子们伸着懒腰在窃窃私语

河面上
风踩着涟漪跳着圆舞曲

远处的建筑物
是黑白琴键

每一片云
都是一团软糯的情话

经过的时候
每次都希望是红灯
这样，就可以拥有完整的90秒

佳童巷口的树

春日傍晚，吹过绕城高架的风
是一片一片鹅黄的

我不关注月季的花苞了
直行的红灯我等了三个回合
总有些急躁要横跨过来
你输送些理解就好，回家的路
有时很漫长，也不是什么坏事
你看到佳童巷口的树

我总有办法看见不一样的天空
你没有对我说出的告别
由春天开作了一树一树的云朵

对　决

就站着
看一棵树
与妖风对决

风，妖风
化掌于无形
想要把这棵树揉碎吞噬

树，满树的枝丫
弯曲、摇摆，猎猎作响
蓬头垢面，一树的摇摇欲坠
此起彼伏，英雄末路

听见骨骼奔腾
所有的关键字、概括词
都已碎裂

就站着
看一棵树
被风灌醉了酒
碎发，来来回回戳痛了我的眼睛

（原载2020年7月4日《宁波晚报》）

冷盈袖

浙江武义人,又名骨与朵等。诗作散见各级刊物及各种选本。著有诗集《暗香》、随笔集《闲花抄》、手工诗集《海的骨》。

空中的生活

喜欢看雨天的远山
白色的云雾在其间流动
我想,每一座山的洁净明亮
都应该与白云相关

或者说一座山需要一些白云
有足够多的白云
其他的就没什么好说的了

我看过河滩上空飞起的白鹭
那是另外的花,更是另外的云
如果我也在其中
"飞行将是我人生的全部。"

萨利机长说
"空中的生活更为简单。"
当你往外看,除了云朵,还是云朵
我想不出比这更合乎心意的生活了

父 亲

如果要听雨
可以种些荷
或者芭蕉

但是喝酒，有酒就行

父亲干完活就喝
各种酒。从前我也爱喝
陪着父亲一起
现在我的碗里全是水

酒并没有使父亲暴烈
从小到大他都没对我说过一句重话
或许是因为父亲每次喝得并不多
刚好够让他的心肠柔软

我家的狗吃了第一块肉后
拒绝再吃其他
现在父亲每餐把自己盘里的肉
匀给它一些

像小时候，我口渴了
就从父亲碗里喝一口酒
"再不背就长大了。"是父亲当年惶惶的语气
而今我也已中年，四周都是山

静心咒

好山水都在人少处
独自一人享受即可

喜欢的寺庙皆为僻远之所
有些倾颓亦无妨，关键是要清静

最动人的鸟鸣在山间
值得花上一整天的时间去倾听

看月亮需在水边
堤上杨柳依依，亭子里隐隐两三粒人

叶子落下，就让它们在地上等一等
过段时日会落下更多

还有田间，蛙鸣声稀稀落落
萤火虫星样闪烁

上面提到的这些场景
我只须稍稍想上一想，心就可以平静许多

我们在自己的局限里获得安慰

局限性在我身上如此明显
而"偏见让我无法爱别人。"（奥斯丁）

孩子们奔走在补课的路上
我知道，我们的欲望从未止息

他从六只小狗中挑出一只关进笼子
小狗持续的哭叫声中夹杂着他畅快的笑声

最后他把它放回狗群里
从而获得一种灰暗而又短暂的秩序

云　朵

在八月初的河边
一只白鹭沿着草滩缓慢飞行

它的缓慢里深藏着审视
和我们所不知道的富足

在快中丧失的
唯有慢方有可能让我们重新获得

当我如一只白鹭投影于水面
我的白有别于它，我的寂静同样有别于它

我低头的样子，是拒绝原谅
是我难以承受的轻，始终无法向你一一描述

（原载《江南诗》2020年第2期）

怜 子

本名江庆,英语专业硕士,任教于浙江金华武义,在《婺江文学》《安徽科技报》《山东诗歌》《鄱阳湖文艺》等报刊上发表过诗文。

爱上熟溪河

爱上熟溪河,就是爱上稔熟的稻谷
爱上从巍巍大岗山一路自由奔腾的欢歌
爱上这朱红水袖的少女
横蠹于河面舞一曲八百年不衰的惊鸿
爱上擂动大鼓
齐心划龙舟的汉子
向天呐喊的号子
爱上一把胡琴
拉奏出悠长的月光
爱上熟溪河
就是爱上烟雨中的江南
以及从油纸伞上妩媚滚落下的
滴滴乡愁

(原载2020年6月10日《安徽科技报》)

清 荷

本名黄俊华,1985年生于湖北,供职武义企业,做人力资源管理,首本诗集筹划出版中。

在刀刃上,生出翅膀（组诗）

化 蝶

结霜的秋风在桌前,坐下
这使人进退两难
设想的语言和动作皆被隔断
我被替代成一尊木偶

安静地看日子长出雪花
身上、心上的尘埃
像葱郁满山的树叶
纷纷坠落

这渐凉的人世
我们习惯用力拥抱,却被伤寒误伤
昨夜的星辰睡了

往返硬于岩石的岁月
我连同自己和梦,交你
在刀刃上,生出翅膀

窗 外

一切靠后
这多像那些逝去的
时光的侧影里
默默流过我们的身体

我一遍遍，说
要是现在是昨天该有多好
黑暗里，只能抚摸两个晃动的影子
这种奢侈，像握在手里的春天
只是不经意将春的种子
埋进了心里

潮　湿

扶桑挤出一丝微笑
花蕊深处，那枚发旧的黄
透着梅雨拂杏的忧伤

一些靠近注定毫无意义
像流星划过天际时，伸手碰到的白色
无法诉说的还有，想你时千万只蚂蚁啃噬的
欲望

我能清晰地感到，爱着的那些人和事
由远及近，由熟悉到陌生的过程
与我无关的还有，春天

我能看到肆意绽放的花朵，却闻不见花香
远方的诗，一滴滴砸向心头
此时窗外正下着雨

昨晚的潮湿呀
一半来自天气，一半源自你

听　雨

一缕缕似烟雾，被吹落在昏暗的

灯光里

那些掉入尘世的水珠
一颗颗敲打在观天者的心头

无雨时，盼雨；雨来时，怕雨
这雨呀，盛不下，夜
一碗的深沉

我　们

空无一人的房间在变小
蚂蚁爬上树枝的顶端
在暴雨到来之前
你并不知道会有灾难

少女站在花海里
我将光阴修了又修
背面的重影便淡了下去

英雄啊——
生命由光鲜到枯萎是很自然的事
没有必要因为一场雨
重新排列家具的位置

割开岁月，一个白天一个黑夜
早霜已准备就绪
这寒气逼人的腊月
我们讨论天气，不动声色

（原载《浙江诗人》2019年第5期）

鄢子和

笔名老庙,浙江武义人。武义县作协主席。20世纪80年代写诗创办诗社,中断多年又技痒。

黄豆的爱情

主人把我放入口袋
一不小心就溜进草间地缝
主人把我摆上桌面
叫我往低处滑高处跳都得听从
我躲入桌子缝隙

主人高兴不高兴都要把我拍出来
主人又在夸夸其谈信口雌黄
更多时候是要我记下他的丰功伟绩
听腻了
我宁可钻入石磨磨成豆腐

弄臣小丑活在人间不容易
我多想解开你的纽扣回到豆荚
和你同枕一个枕头
溜来溜去
豆荚里有我的爱神

砍去稻穗的田野

被机器砍去稻穗的田野
像一片慌乱行刑的茅草丛
稻秆流淌苍白的脑汁

不见割稻人
不见露出父亲隆起胸肌的田畈
更不见童年游戏的稻草人

我少年就做过割稻人
从根部抱起整把稻子
稻穗在怀里沉甸甸扑腾
放倒女知青弓腰的手臂
特别像调皮滚落的孩子
从稻田挖出泥鳅是幸福的

机器里吐出的谷子印象模糊
没有光洁肌肤和芬芳泥土的田野
看了感觉陌生
野外归来去医院看见著名种粮人
全国劳模朱真德在输液中抽搐
我像个稻草人在他病床前呆呆伫立

（原载《星河》2019年秋季卷）

方格子

我家门口长着一棵别人家的枣树
诱惑了我整整一个童年
枣子成熟季节
我们就在湖塘边跳方格子

选好一块块精致瓦片
我们认认真真跳起方格子

没人时把瓦片精准投向枣树尖
有人时把瓦片潇洒投向水面

瓦片在我们脚下跳方格子
瓦片在湖塘水面跳方格子
瓦片升空在枣树尖跳方格子
我们便有甜甜枣子吃

后来枣树边挖了一口知青井
我们打枣更加小心翼翼
一不小心枣跳进井圈
一不小心枣跳上女知青的方格衬衣

（原载《浙江诗人》2019年第2期）

邹伟平

中国报告文学协会会员，浙江省作家协会会员，金华市作家协会副主席，浙江师范大学江南文化研究中心特聘研究员。出版散文集《江南水彩》《俞源古村落》和人物传记《汤恩伯传》等专著。

大堰河

大堰河没有河
大堰河是一个叫作叶荷的小村庄
房子之间穿插着几个平静的水塘
老房子已经不多
他们被新房子包围在了中央

大堰河是个保姆
保姆的善良刻入了诗人的心房
保姆的乳汁孕育了诗人的精神和理想
艾青,这个出生于畈田蒋的诗人
他从《大堰河——我的保姆》出发
他举着《火把》穿过《礁石》勇敢地迎着海浪
他拥抱《春天》唱着《光的赞歌》
锋芒直指《古罗马大斗技场》
他向黑暗扔去了匕首与投枪
他向光明献出了鲜花与鼓掌

大堰河是个诗人
是诗人就要呐喊
是诗人就要歌唱
每一次呐喊都是诗人生命的奔放
每一次歌唱都是诗人灵魂的激荡
到如今
这些激情澎湃的诗歌,像一条缠缠绵绵的小河
汇入了洋洋中华诗歌的长江

大堰河是一条河
是诗人艾青心中的母亲河
无论游子走得多远
母亲始终站在村口
永远在等待中守望

大堰河是一条河
是诗人激情澎湃的生命之河
是八婺传统文化的灿烂星河
大堰河是一条河
是中华诗歌历史中的一条经典之河
是金华人文精神的传承之河

河的这一头起始于叶荷村
河的那一头
伸向了广袤无垠浩渺遥远的
远方

（原载《江南》2020年增刊）

义乌

冰 水

浙江义乌人，文学博士学位，中国作家协会会员，金华市作协诗歌创委会主任，义乌作协副主席。写诗，习画。作品散见于《诗刊》《民族文学》《扬子江诗刊》《星星》《诗歌月刊》《诗潮》等，著有诗集《虚像》、散文集《一路花开》、美术论著《"湖州竹派"研究》等。

靠近（组诗）

梨花白的白

白是纹丝不动的沉默之影。
但梨花白的白，
有着酣眠的锋刃。

空气焚烧起来，就有"霜满天"的白。
在意识里逆行，就有
"轻风吹到胆瓶梅"的白。

是我在体内验证过的空阔的白。
寂静的白，
是喧嚣的回声。

白色的波浪涌动。
异乡的春天在远去的路上，
那个把自己从白里救出的人

又回到白里。
没有一把利器可以收走孤独和寂冷，
梨花白的白，应该是庆幸的。

拉二胡的人

他抱着二胡就像抱着江山
他占据着虚空，琴声不会轻率响起

谁会在一个潮湿的黄昏
听他谈起陈年旧事

但他能与昆虫和鸟雀交换色素
他闭上眼，猛吸一口烟
琴弓和琴弦蹑入沉静
回收的乐音都进了睡袍

当猫头鹰飞过，二胡张开器官
他调好琴码就适应了夜的温度
时间悠扬起来
一座雪山自远而近

靠　近

一只假鸟如何孵出一只真正的鸟
成为黄莺、山雀或者布谷

而后时间到达它的翅膀，它飞向一幅画
画中有一只真正的鸟

我们理解的真正的鸟，往往是
虚拟之物：它所触及的是我们的眼
它不能触及的是离开画面的事物
但它
可以飞，可以冒险

如果它见到的，就是真实的
如果我们正好路过，成为它安全的树枝
我们就是正在经过
虚拟的自己

如果有人在潮湿的画里生火
如果种子发芽,也同时在溃烂
所有这些,只不过是
一只鸟的迁徙

如同,有人一次次把火捧进水里

献　词

我一生都在练习说谎,
不以为耻。

我总是,不急于说出明亮的词句,
我的明亮另有所属。

不急于治疗自己的疾患。
要在咒语中,安置少量的毒。

甚至不急于,在这个俗世
做有力的抗辩。宁愿无知无觉。

我一直违背自己,
像一个失去归属的浪子
不想拯救。

而今天,我相信造物主确定让我
交出嗓音。我要动用全部灵感

进入那个等我的
陌生人的身体。

给父亲

细竹小树,蓬勃发枝。院子空阔——
父亲,你读着旧书,那慢慢爬行的光线
推着你的影子。

我喊一声爸爸。你应着我,仿佛从旧书中
抽出一线光,投向我。

你说:小池漏水了,需要清淤。
你说:碗莲没有种在水里,怕被鱼食光。

说着这些,院门就打开了。
挂果的杨梅发出小声的喊叫。我们
摘下果实,顺便摘下寒霜。

时间仁慈,你没有缺席我的每一个夏天。
那些薄荷草、七叶草,也没缺席。只是
你将日渐衰老。

而我们,都从你的身上取着温暖,
取着欢乐的秘密。而今又是盛夏之年。

而今,你一如往昔,在旧书里翻山越岭,
一次次为我们捕捉太阳。

(原载《飞天》2020年第7期)

楚 辞

本名朱桂明,浙江义乌人,金华市作家协会会员。作品发表于《海燕》《浙江诗人》《湖北诗刊》《金华文艺》等,曾入选诗歌年选及多部诗集。

长安长安

长安长安
鼓声回荡于　骊山腹部
车马猎猎
风升腾成龙　云升腾成龙

耳朵贴近最古老岩石
号角穿墙而过
城墙巍巍
十六朝烽火　逐一点燃

长安长安
青铜门洞开
大漠孤烟　雁塔齐天
钟楼遁去兽性　月光照亮飞檐

而谁的声音随钟声悲壮
长恨歌　荔枝叹
不过是马嵬坡上　一缕硝烟

长安哪长安
该怎样抒情
还你　盛世容颜

饮酒歌
——致西安尚明

兄弟
我们迎着风声
听　野草在原上　生长

兄弟
秦岭悠远　空旷苍凉
我从江南带来湖水和　阳光
西凤酒明亮得像　姑娘脸庞

昨晚那个女人是一匹野马
风吹起裙摆　欲望从蛰伏中现身
我们裸露一切
就像那尾鱼　空空的河床

兄弟啊兄弟
过了今夜
我们都要藏起　最后一杯
沧桑

在碑林找到一种仪式

石碑张开双目
膜拜者噤声
碑文之上　有闪电
和　惊雷

手　温柔起落
用爱抚新妇的方式
再爱一遍　魏晋　唐宋　和明清
时钟幡然苏醒
而我们　不分昼夜贪欢

浓墨甩落
一朵祥云于笔尖　升起
行云向上　流水向下
狂草　在中间成魔

米芾笔意奔突游走
如血液在血管　如　一双石兽

碑林被月亮倒扣成一口深井
有人在井底虔诚　敲打
每一凿　都是千古回音

（原载《海燕》2019年第10期）

义乌

窗 户

80后,祖籍浙江台州,现居金华。作品散见于《诗刊》《扬子江诗刊》《中国诗歌》《读诗》《诗江南》《诗潮》《延河》等刊物。出版诗集《送信的人走了》。

寂 静

很少想起父亲
在乡下的日常生活
院子里的青菜萝卜
还有一些花草
是他每天的劳作
到了晚上七点
父亲准时和小之通一个视频电话
这时候，我们刚好吃完晚餐
我总是坐在小之边上
默默倾听爷孙俩说话
偶尔会想起
乡下的落日
和晚霞，辉映着壮美的旷野
庄严，寂静

晚饭后

晚饭后，在厨房洗碗
夫人在客厅给小儿讲故事
当我听到"下雨天，翼龙妈妈
用她的大翅膀，为小翼龙挡雨……"
我想起有一年冬天
我和妈妈，在竹林里挖笋
遭遇大雨

我们躲在一棵大树底下
妈妈脱下外套
为我遮雨。我至今清晰记得
从她发尖滑落的雨
滴在我脸上，就像泪水
但不会有人知道
就像不会有人知道——
那一天，整座大山，只有我和妈妈
妈妈紧紧地抱着我……
仿佛穿越了所有的时光

十二月

气温终于下降。人们必须
穿过薄雾
才能来到爱人身边

破碎的梦，需要沉默来修补
或者把自己
扔在荒芜的旅途中

这就像弹簧，使劲它才跳舞——
音乐经历低潮
才会迎来高潮的顶峰

十二月，就是这样的月份
在生命弧度的底部
等待一场雪轻轻覆盖下来

黄昏之歌

黄昏短暂
天空不知何时
就暗了下来
你起身，很多人离开了
很多人你已忘记

灯火尚未全部点亮
窗外的樟树
融进夜色之中
仿佛消失了一样
仿佛黄昏带走的那些人一样

他们留下的空
你现在全部触摸到了
就像此时你可以用手触摸到
自己的心跳。仿佛他们消失
你才从远方回来

你才从你起身的位置上
真正坐了下来
你才看见窗外的樟树
在它消失的时候
正在空气中飞舞着它的枝叶

赞美诗

玻璃碎的时候
我看见闪电划过天空
留下的空寂——
多年后,依旧会使我
从梦中惊醒

风吹落了一片叶子
我听见大地
在秋天的早晨颤抖
滚滚的江水
在迷雾中远去

我一直不知
微小的事物
和渺茫的时间里
也有磅礴的潮涌,在每天
为我们轻轻祈祷

(原载《诗刊》2020年第8期)

刘会然

1977年出生于江西吉水,现居浙江义乌。中国作家协会会员。浙江省作协第二批"新荷计划"青年作家人才库作家。有小说、散文等散见《北京文学》《芒种》《星火》《雨花》《朔方》《芳草》《山东文学》《文学港》等刊物。有作品被《小说选刊》等选载。获第23届全国梁斌小说奖、首届中国校园文学奖等。出版短篇小说集《少年与花》《秧村往事》等多部。

春暮，风乍起（组诗）

夏初的微凉

春花带着残妆和身孕，摇摇晃晃而至
池荷褪去冬寒的枯枝败叶
活脱脱，从暮岁活到嫩年
几只雨燕用剪刀手滑开一道道闪电
天空喷嚏连连，好似花粉过敏
故乡的田园，萌动着庄稼的轮回
青蚕开始吞食桑叶，编织蝴蝶的梦幻
溪桥一枚枚野生的桑葚或青梅或枇杷
弥漫了孩童粉嘟嘟的嘴角
父亲的赤脚整天响彻在草径上
吓得一群又一群草虫落荒而逃
碾坊里传过来叮叮当当的撞击声
油菜籽粉身碎骨了，香满人间
雨频频下，宛如淅淅沥沥的午蝉
夏初，在微凉的怂恿下
苍翠接踵而至

一棵忘记了发芽的杨梅树

春光已从冰窖中挣扎着，脱身而出
菜园里父亲去年秋季栽种的菜苗已然开花
一旁的枇杷树正擎着青涩的果子在招摇
脚下的杂草更是顺着春风的脚步肆意横行
可那棵矮墩墩的杨梅树竟然忘记了发芽

这棵杨梅树还是三四年前从苗木市场买来的
老板夸耀道今年栽下明年就会扬花挂果
我信了,因为苗木上已挂了稀疏的幼果
买回后,我们栽种在楼顶的菜园里
一年,两年,三年,枝叶年年生长

谁也没有想到这棵杨梅树会严重违约
我提醒它多次,可它变本加厉酣睡得深沉
如今已是暮春,它竟然隐藏了打鼾的声音
我很想再等它一年,看看它睡醒后崭新的模样
可不知道,满含老农经验的父亲是否有这种耐心

一棵无人看管的枇杷树

一棵无人看管的枇杷树
自作主张,旺盛长在小区的一角
黄澄澄的果实终于灿亮了满树的绿叶
几颗明明灭灭的脑袋
时而凑近,时而远逝
眸子里弥漫着五颜六色的光斑
一位母亲,牵着一枚稚童
远观了很久很久
最后还是默然离开
一坨流浪汉,前瞻后顾后
终于,偷偷采摘了一颗
小心翼翼搁进嘴角
笑容,霎时填满了每个褶皱

枇杷树迎接过风,碰撞过雨
接受过一双双眼睛的检阅
而后,悄悄滑入了夏的深渊

一棵无人看管的枇杷树
就这样，黄了整个夏季

落花是春的泪

是春暮，风乍起，
吹哭一宿春宵。
千年前的盛唐，
有人唱响，夜来风雨，花落多少。
似仙花瓣，羽化成泥。
可记否，傲立枝头春意闹。
——是报春，冷风寒气吾不惧，争做三春第一花。
——是桃花，占尽春色颜色好，灼灼其华笑春风。
——是杏花，江南雨夜碎花伞，颤动梦中闺女心。
——是梨花，年年春来把花开，冰心一片献人间。
——是玉兰，不等新叶吐翠色，抢先一步笑开颜。
——是蔷薇，篱笆墙头村妇笑，缠着春光把屋绕。
——是油菜，漫山遍野金灿灿，梦境故乡此花俏。
——是柳絮，吐絮成花林间飘，依依枝叶满是情。
——是春花……
曼妙几度风情，怎消一夜春雨。
莫问卷帘人，窗外的绿肥红瘦。
知否，知否，
落花本是春的泪。

（原载《浙江作家》2020年第6期）

石 心

本名龚永松，20世纪70年代生人，中国农工民主党党员，先后就读于武汉大学和香港理工大学，文学硕士学位，北京大学访问学者，浙江师范大学硕士生导师，义乌工商学院客座教授，求是文学社副秘书长，浙江省作家协会会员。

独行侠

人潮中他保持
一种如入无人之境的姿势
手握宝刀
大步径直走
出于警觉
也许是惯性使然
他从不回头
过去坚决让它过去
人生过半
征战无数英雄辈出
罕见有高手知己
共奏高山流水曲

圆明园的铜锅涮羊肉

对夜来说
每个人都有一次飞升的机会
如果收到了
梦的启示和爱的叮嘱
就不必另找墓地了
肢体再丰富
都将在火苗中升腾
无论你唱什么曲儿

斟满一杯酒

向陌生的灵魂

献上一颗纯粹的心

在圆明园的铜锅涮羊肉

腾腾的热气

模糊了整个世界

快乐地举起杯

为成吉思汗的蒙古王

小心地抿上一小口

一首诗永驻我心

一首诗永驻我心

譬如它携带京城的风尘

轻舞之后　是否会飘散　零落

譬如今晚抬头可见月亮上的清辉

是否可以维持到天明

我手中仅存的一缕温度　一旦舒展

是否会离开　不再回来

我梦中的灯盏能否坚持永不熄灭

一直将荒凉和漆黑照亮

我血液里汹涌的波涛和暖流

有朝一日是否会变冷　冻僵

那我心底里的爱

它　它们何时知晓

这凡尘的烟火

是否纯真如昨

曾经点燃空无一人的楼台

（原载2020年诗集《独行诗集》）

水 草

本名杨俊,江西省玉山县人,现居浙江义乌。金华市作协会员,作品发表于《中华文学》《浙江诗人》《星河》等期刊。

时光不老

我一直躲在角落,不敢正视
滑下悬崖的日头
有部分光上色,成了晚霞
绽放缕缕骄傲

赋予一首诗,千般力量
沉舟保守了元贞

在刀刻的词语面前,从找自己开始

草木也有自己的方言
有四季变换的人间,将它们不断轮回
某种意义上
以另一种方式代替重生

仿佛,此时的天空
仍保持大海本色

在雨中

无法抑制内心狂动
就像无法抑制天要下雨
只有撕两片诗堵梦

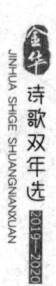

堵住岁月悠悠

等逐渐散去的发香
漂流在梦境
截走文字符印
不留一个词夸耀相思

站立在旷野的一棵树
吊死了过往轻愁
仿佛归鸟的不甘心
扑棱着翅,扇动一些落花、枯叶

而后,更多的倾泻,都在诉苦
东倒西歪的篱笆攥紧了牵挂,不肯别离

我喜欢

我保持静伏状态
用心去听
时间之外,草木依旧战斗
一些怆然愁过寒凉

用高傲的眼神挂在楼宇
窥见月亮惨白着脸

你恰好濯于溪流
是泉水稀释污浊的想法
拍打水面,像一首歌缓缓析出
岸上老去的音节

是你留下的故事
必定在深刻中深刻

我喜欢，用你的方式修剪月光

（以上原载《星河》2019年秋季卷）

星火燎原陈望道

有一种纪念，是重读经典
有一种思想，继续发扬

在生命最初，又一次点燃阳光
照耀那个年代，那个人鬼不分的

世界，在脚下坚强
从旧瓦房里渗漏，黎明的消息

正一点点扩散，再扩散
以另一种方式解读思想

像油遇见一粒火星，引爆
迅速铺展到黄河长江

并不断把这片山水放纵
于站起的中国，牢牢攥紧春天

（原载《浙江诗人》2019年第3期）

杨达寿

义乌佛堂人。浙江大学研究员。1964年浙江大学毕业并留校任教。曾任浙江大学校友总会常务副秘书长、校友联络办公室主任等职。至今已主编和撰写文学传记、报告文学及科普书著等共计54部,其中著有8部诗集及3部诗文集。中国作家协会、中国诗歌学会会员。

你是一束光

——谨以此诗纪念艾青诗翁诞生110周年

你是一束光
你是一束灵气四射的光
你吸吮保姆大叶荷的乳汁长大
你有光彩照人的气质与灵魂
你用生命开辟新诗的宽阔之路
你用浑厚的嘴唇抒发时代的风云

你是一束光
你是一束普惠大众的光
你的眼里常含大爱的泪水
你的诗歌震撼着中华的生灵
你的诗歌声把我从梦中惊醒
你的诗歌连着万千国人的神经

你是一束光
你是一束有火样热情的光
你在风云激荡中追求真理
你吹着"芦笛"回国呼唤光明
你是我们航行诗海的灯塔
你是我们攀登诗山的引擎

你是一束光
你是一束不求报偿的光
你在延安写的诗紧系人民的命运
你在北大荒写的诗富有人民的真情

你在新疆写的诗留有人民的体温
你在老年写的诗更多承载人民的心声

你是一束光
你是一束永恒普照的光
你是用泪写诗的榜样
你是用心歌唱的英雄
你是中国新诗史上伟大的诗人
你是世界诗史的永远高峰

（原载2020年诗集《生命颂》）

拨浪鼓的新意

几代人接力的鸡毛换糖担
定格在书报画册上
我惊奇地发现
还在宾馆饭店站成骄傲
曾经走村串户的拨浪鼓
几经手与手的传递
最后成了诗与远方
与摇篮曲自乐伴唱
或把一代代甜梦催鲜

（原载2019年11月10日《浙江日报》）

杨延春

笔名这样。入选首届诗人研修班,作品在《诗刊》《草堂》等发表。有作品译成韩文、英文、泰文。出版诗集《每一天不可多得》。

背　影

那么多南竹，淡竹，寒竹，苦竹
多么像红军的背影，那么多险峻的陡坡
碉堡，界牌，多么像红军的背影
那么多风，那么多雾，雕像
纪念碑，那么多开着的花，多么像
红军的背影，他们排着队向山里走去
一路上唱着歌，他们背对着我们
一路上排着队，唱着歌，向山里走去

灰蓝色

只有战斗过的人
才配得上这一种颜色

只有在战争中死去的战士
才配得上这身衣装

只有正直的人
怀抱信仰的人

只有皓月和浩荡山河
才配得上这光芒

红　军

想看一看井冈山上的红军
看一看他们的土坯房

想听一听《十送红军》这首歌
听一听冲锋号的声音

想摸一摸山顶的石头
摸一摸石头里的心跳

这里每一寸土地是用命换来的
每一根草都埋着一位战士

相对于活着走出去的人
我更缅怀那些死去的无名英雄

他们和我们一样年轻过，曾经是
学生，孝子，曾经被深深爱过

托　孤

想起昨晚演出的节目中
有一对夫妻要去参加红军
临走前，把出生不久的儿女

托付给老百姓,可那是
亲生骨肉,怎么也舍不得
走几步又要回过头来
拜一拜,恐怕一辈子也
见不到了,他们两个人
在台上哭,台下的观众
也在流眼泪,我第二天醒来
仍在挂念这个情节,走在
井冈山茨坪村,仿佛我们
也是先人托孤的一部分

照片中的女红军

看着照片中的自己,青涩的
样子,忍不住流下泪来

那个年代深深爱过的人啊
能不能,再来爱我一次

像你年轻时那样,宠着我
不顾一切地宠着我,好像时光

又回到我们的身上
我是穿着草鞋参军的姑娘

哥哥,我是向你敬礼的姑娘
你站在哪里,哪里是我的家乡

(原载《诗刊》2019年第1期)

钟 钟

原名梁忠国，生于1995年。四川万源人，现工作于浙江义乌。有少量作品发表，曾获第三届国际诗酒文化大会校园组铜奖、第二届全国乡土诗歌大赛新秀奖。

金光村笔记

一

你那时还有理想。居住的地方
放满了书和朋友们的临别赠言

你对未来做了短期和长期的规划
它们被你贴在了醒目的地方

你坚持每天阅读、看时政新闻
偶尔会在本子上写下两三句晦涩的诗句

"蝴蝶的远方是一次花朵邂逅
幸福死在路上,要怎么抵达?"

应该有第三句诗出现过
只是你的笔记本在一次搬家中丢失

二

厨房里的冬天,有文火熬煮的酒
你在等待一个朋友和傍晚的雪

已经微醺,酣睡随之而来
中唐时期永远的傍晚随之而来

那只翻过屋檐的猫咪在寻找什么

梦被惊醒后，诗意和失意完成互置

冬日渐生的疑虑终于如浓云般
遮住了光，你的人生开始明暗交替

"如果我是一只蝴蝶
我不会去相信鲜花的芳香！"

三

桉树林里稀疏的夕阳沉入平原的腹部
你能够看见的世界就是这样

"还有什么可以期待？"
周而复始的世界像你曾经画过的圆
初中时代的旧人曾用破旧的圆规
给你画下了更大的圆，你开始怀念

试图找到真的世界，因为你相信
这是暂时的迷茫，世界不应该是这样

"毛毛虫眼中的世界末日是蝴蝶
那蝴蝶眼中的世界末日是什么？"

四

你以为沿着河流可以走到平原的内部
你以为太阳下山时可以走到河流的尽头

…………

最后呢？你还会以为什么

· 义 乌

你站在窗户前沉默

风从桉树林吹过来,炎热的夏天
你的理想还剩下什么

不知何时,你的书籍上落满灰尘
……

"一只蝴蝶飞过来,另一只蝴蝶
也飞过来,花园里开满了鲜花"

五

你在夏天离开这里
想起丢失了什么在这里,想不起是什么

你在夏天离开这里
想起曾经目送朋友离去,想不起他怎样离去

……

你在夏天离开这里
想起身后应该有人相送,想不起是谁

(原载《草堂》2020年第12卷)

永康

陈星光

生于1972年11月。中国作家协会会员，永康市作家协会副主席。主要作品有诗集《月光走动》和《浮生》。诗作散见《诗刊》《青年文学》《草堂诗刊》《诗江南》《诗选刊》《星星》《诗歌月刊》《扬子江诗刊》《文学报》等，并被收入《当代短诗三百首》《年度最佳诗歌》《中国诗歌年选》等十余种选集。穿行于市声、月光和山野，以梦为马，以诗为寄。现居浙江永康。

·永　康

父亲的竹林（组诗）

夜宿西施客栈

山中的草木生灵都已沉入暮色。
诸神归位。群星闪烁，
像我紧抿的沉默。
它们不会知晓人间
爱恨纠缠的梦。

群山和我的妻儿一起睡着了。
在浊世摸爬多年，
现在也只是回到山中
听虫儿唧唧一夜。

不见萤火虫提着灯在走。
童年是不会飘回的一缕烟。
生命苍凉，几杯酒就醉倒山中，
曾经的荒唐像断了的琴弦，
山风吹着微弱的甜。

一切都在消逝啊，
一切又生生不息。
村庄空寂，遗世独立。
生活在每个人的脸上抽着皮鞭。
我们的孩子，又将过什么样的日子？
一只鸟尖叫着飞过
竹林的另一边。

里金坞之夜

拇指峰浸在夜的漆雾中。
温泉从地下涌出。
嘹亮的虫鸣围拢着里金坞村
愈来愈浓的寂静。

被炮仗般的犬吠炸开一个个窟窿。
灯光是旧的,像羞涩的
几个老人。

清亮亮的鸟啼啄破了黎明。
几个村妇在碧透的小溪
浣洗衣裳,掀开一溪啤酒。

不知从哪儿冒出来的人群
点燃村中小店仅存的火焰。
他们在选举:乡村的寥落里
也有麻雀的五脏部分。

诗人们往山中去了。
漫山遍野的野草莓提着一盏盏红灯笼。
这里的绿依然是沉默的,
我也仿佛不是小山村走出来的人。

父亲的竹林

春日的阳光洒下一缕缕金黄的光线,
我和妻儿在陡峭、松软的山坡细细搜寻,
试图发现新的生命拱破了土层。

·永 康

仿佛看见父亲的锄头一下一下有力地掘进，
长满狼衣的山坡在他愚公的挥舞中翻了个身，
春天的气息汹涌着。
父亲身上沾满了泥土，略微弓起的背脊
一个农民的一生也想有所作为——
低矮的灌木杂草变身郁郁葱葱的竹林。

他似乎有用不完的力气。
小小山坡涌入板栗、杨梅、樱桃和蜡梅，
杉树像一排排整齐的列兵。
每个季节带给我们不同的欢乐，
仿佛父亲写下一首首大地之诗，
每一首都有鲜活的生命。

我驻足倾听竹林的心跳——
一汪碧水有澄澈的宁静，
几尾红鲤鱼悠游其中，
妻儿的笑靥漾着温情的波纹。

如今父亲静静躺在另一块山坡，
今天我们去看他，向阳花开，
一条大如锄柄的油菜花蛇
慢慢游过他的居所。
父亲生前未见过更多更远的世面，
像他的竹林弹奏着坚忍的活着之歌。

礼 物

在连绵不息的雨里，阳光是雪中送炭的礼物。
在冰冷的黑暗里，黎明是苦苦呼唤的礼物。
在遍地谎言里，真话是杳若星辰的礼物。
在艰于呼吸的牢笼里，你的笑脸是上帝赐予的礼物。

在众声喧哗里,孤独是我送给自己的礼物。
在零和游戏里,好牌是我侥幸得到的礼物。
在匆匆一生里,亲人是我前缘未尽的礼物。
在无言的空旷里,大海、星空是蔚蓝的礼物。
在春天里,花花草草和欢快的飞鸟
是人人都可悦目的礼物,
而我已放弃了身外的许多事物。

(原载《诗刊》2019年第6期)

归卧横山

山路像一条条龙寂静升腾。
越野车载着我们,像一只蝴蝶在垄上飞。
层林尽染,游动画卷反复扑入眼睛。
我已是唯山水可堪安慰的中年之身,
贵门恰是桃源,云上的日子
足以抚平深夜无奈叹息,
独自侧身横山梦境。
每天醒来远眺南山湖上雾中仙女。
与鸟为邻,以茶为友,鹿鸣呦呦,
听见自己灵魂苏醒的声音。
不问云深何处,忘了世间功名。

(原载《江南诗》2019年第3期)

杜 剑

检察官，写诗，居浙江永康。

绿皮火车

母亲雪夜抱着妹妹
挤上　辆绿皮火车
父亲牵着我
挤上后一辆绿皮火车
现在不用挤绿皮火车
相当于断了一条回家的路
相当于祖父母外祖父母吃不上
父亲用粮票、油票、糖票、肉票、
豆腐票购买的紧缺食品
相当于加急电报失去意义
相当于我不会看见一辆绿皮火车
就认为自己是一个要返乡的人

手绘地图

我第一次去省城出差时父亲给我画了一张详尽的地图
我按照地图上重点标记的"青山湖"找到了父亲省城的同学
后来又按照父亲在地图上重点标记的"滴水湖"和"白云湖"
找到了在上海卖卷饼的姑婆和在广州当兵的堂哥
我至今分不清西湖边的南山路和北山路
我是被西湖的残荷和新鲜的莲花困扰了

·永　康

富春山居图

我误把《富春山居图》看成《清明上河图》
是把一条江看成一条河了
把富春江的子陵鱼看成汴河的马口鱼了
把富春江的山鸡看成汴河的鸡毛测风仪了
把富春江的桃花看成汴河的牡丹了
把富春江的奇山异水看成汴河的舟车、市肆、城郭了
把老态龙钟的孙钟看成风骚的北宋厨娘了
我以为只要指认一条水系
江河就可以不分你我

（以上原载《星星》2020年1月）

清　明

每年清明，我们备好酒菜去看望
那些与树木荒草居住在一起的亲人

有一次父亲指着一个山坡说
这里风景很好
我知道父亲的心思

后来我每次路过这个山坡
都陷入沉默，甚至不再看它一眼
只有春风依旧
吹了一遍又一遍，草木是更繁盛了

（原载《江南诗》2019年第3期）

贾光华

浙江永康人。中国诗歌学会会员,永康市作家协会会员,永康市乡土文化研究会会员。

·永　康

我隔着窗望着你的远方

一样的夜晚，却因为一场突兀的新冠疫情
而有了许多的异样
坚持和刚强是最有力的臂膀
你的方向，明亮的灯火，长长远远，一闪一闪。
我不知道灯火为谁而唱，
今夜，因为武汉
牵挂陪伴了几千公里的目光。
村口已经设了栅栏，
街衢成了宽阔的广场。
我已经把玻璃做成围墙，而在
楼顶的平台栽上了关注的目光。
出门戴上口罩、频繁洗手、宅家，
都是半月的时光里构成的元素，投影成了
你的迷彩绘成的方框！
兄弟，不要放弃，我们一起担当。
因为我和你一样，心嘭嘭作响！

让我们相信，
苦难只是不断缩小的分子，
夜是表达白天梦想的床！
武汉和永康都是战场，
让我们坚持，再坚持！
我们都在前行，我们都不孤单！
孙母的三马九铃便是最好的梵唱！
我隔着窗，在这沉沉的夜里仍能感知温暖。
兄弟，我们必将一切安然！

（原载《浙江诗人》2020年春季特号）

蒋伟文

1966年生。中国作家协会会员，永康市作家协会主席。著有散文诗集《守望家园》《寻找爱情遗址》，诗集《证据》《流水的诗篇》。

·永　康

梦里见过的人（组诗）

散　步

晚饭后，我去香樟公园散步，
经过雕像旁，有个小男孩走过来，
问我有没有东西丢失。
没问他捡到了什么，
我摇摇头，给他一个微笑，就走开了。
我出门时没带手机、钱包，
钥匙也忘了带在身上，
是的，我没有什么可丢失的。
而小男孩仍站在那儿，
问下一个，接着又问
下一个。那个稚嫩的声音尾随着我
从绿荫小径到荷花长廊。
公园里绕一圈，二十来分钟
回到雕像旁，
又一次听到小男孩问我
有没有东西丢失，
他认出我，不好意思笑了笑。
也许是这样：谁不小心把我弄丢了
天黑之前我把自己找回来。

阅读历史

历史是一座山。你的目光看得足够远：
一百年，五百年，甚至上千年，

才能纵览它的全貌。
你无法靠近，只能往后退；无路可退，
被逼到书房一角。

但是，历史书太厚，一下子
啃不完，理不清。
你读到断断续续的时间片段。
有许多疑问，许多盲点。
而作者仅仅提供给你
一些模糊的线索，支离破碎的映像，
并非客观事物的全部真相。

这一点，与一只蛾子非常相似：
某个夜晚，它被灯光吸引，扇动翅膀，
在书页中留下鳞粉。它无法进入
语言迷宫。最终，被夹在书中
像一枚被遗忘的书签——

它只能在昆虫学图谱里找到自己的名字，
而不可能成为这本书里面的一个词。

梦里见过的人

早上醒来
忽地发现生命中某种东西遗失在梦里了

窗外的鸟儿唤醒了我

我揉揉眼睛
想不起失去的是什么

肯定不是落在床单上的

·永　康

一枚硬币或者一缕毛发

检查自己的身体
没有发现缺胳膊少腿
一切正常

我这才意识到问题的严重性

莫非，那只鸟儿飞过
偷偷带走了
我生命的一部分一去不返？

面对镜子我打量自己
胡子该刮了
头发该理了——
你是我梦里见过的人

你是被剥夺语言的人

春日的花园

早晨的阳光。没有风。时间仿佛
是静止的。篱笆墙
淡淡的影子。
你看见，一只蜗牛
黏附在路边石头的边缘。

它伸出触角，小心翼翼
舔着潮湿的光线。
它的身后留下一道亮晶晶的痕迹。

你犹豫了片刻，站在那儿，

仅仅片刻：
就在你蹲下来
静心凝眸的那一刻
时光悄悄挪移了一步。

你抬起头，慢慢走出蜗牛的壳……

泛娱乐化时代

写作无非为了证明
活着：诗人常常不是面对
某一类或某一群人，
而是一个人内心的孤独——
仿佛与自己签订生死契约。

谈到时间沉沦，诗人写道：
"诗歌作为祭品
留给自己
以及这个时代。"

后来，他死了。
但是他的诗
还活着
读者却死了。语言制成寿衣。

（原载《江南诗》2019年第3期）

肖才颇

网名清江渔哥,湖北利川人。中国诗歌学会会员,湖北恩施土家族苗族自治州作家协会会员。现工作于浙江金华永康。作品散见《诗歌月刊》《散文诗》《中华文学》《参花》《鸭绿江》等报刊及网络平台。

立 春

沿着冬麦拔节、草籽歌唱的声线
阳光，渐次回暖
黑夜退缩，白昼一天天长高
南方徐徐送来返青的消息
回潮的心事，纷纷涌出门栏

打春后的女人们身着花衣
再次洗净双手
将丰润圆满的种子小心捧起
面对空旷熟悉的田野
把一年的收成举过头顶

这个时候
我们开始用质朴踏实的动词
抒写梦想，抒写
作物的名字和农历的家史

红灯笼

心火，保持燃烧。不谈燎原
鼓足希望的气场
好日子与坏日子，就是一层纸的距离

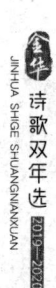

站立枝头，蜜蜂的翅膀指向蓝天
每挂一盏，桃花
就盛开一遍

深秋辞

北风紧咬雁尾直抵扬州
秋声，挤满十月每一个渡口
残阳斜照，芦苇伸出几根瘦骨
倦鸟的翅膀无处安放，水域苍茫

温度跌至脚踝，草木渐次裸露
夜长梦多
悲与喜的情节，更加脆弱

蝉噪隐匿暗处，霜色敷满门窗
落叶枯黄。卑微的目光里
冲动着一场大雪的渴望

想起故乡小屋，那个耗着最后光阴
整宿整宿为我守护一盏灯火的人
漫过胸脯的寒凉，冲着脊骨深处
又扎进一寸

（原载《参花》2019年第7期）

杨 方

出版诗集《像白云一样生活》《骆驼羔一样的眼睛》，小说集《打马跑过乌孙山》。诗集《像白云一样生活》入选2009年21世纪文学之星丛书。参加第24届青春诗会。首都师范大学2013—2014年驻校诗人。曾获《诗刊》中国青年诗人奖、华文青年诗人奖、扬子江诗学奖、浙江优秀青年作品奖。在《诗刊》《人民文学》《十月》等发表大量诗歌。诗歌入选多种选本。有诗歌翻译成英文、日文。近两年在《当代》《上海文学》《北京文学》《青年文学》《长江文艺》等刊物发表中短篇小说。有小说入选《中篇小说选刊》《中篇小说月报》《长江文艺好小说》《2013年度中国中篇小说精选》等。

江南烟华录（四首）

古代的黄昏
——致陈亮

那时候树木高大，草类葳蕤
地面上流水与湖泊星罗棋布，比星际还要复杂
山脉也不是现在的形状和走向
小路虫蛇出没，骑马的将军和骑驴的农夫
皆不去很远的地方
你乃书生，什么也不骑，千里进京
只为赶考，落第，完成宿命中的章节
而后的上疏，入狱，竹子一样节节败退
也是一个读书人必须经历的南墙
国破了一半，留下的一半，你凭空指点
你用笔画过饼，在纸上谈过兵
你比谁都清楚，错过了大宋最好的那个皇帝
有抱负的人注定怀才不遇
失意时美人很远，江山很凉
隐归故里未尝不是好的选择
办太学，做学问，或者在心中养虎，在池中养鱼
都是权宜之计，立身之本
推开破落门户的轩窗，吱呀之声犹如长叹
你看见秋天又一次重来，看见黄昏婉约
一只鸾鸟飞过栾树无枝可依
多年后紫气东来，金榜题名如何，中了状元又如何
那时你已不再过问世事冷暖身后虚名
你目睹一切，神态超然，包括后人的拜服与传颂

也许我该称你陈生，和你一样怀揣年轻的心
去国，怀乡，壮志未酬
但你老得太快
塑像上的胡须像醒着的针一样尖锐
仿佛你一出生就已是智慧的老年
我只能称你陈公，在你面前打躬，作揖，不敢狂妄
墓石上的碑文，句句赞美
多少人诚服于卧龙山的地气，人脉与风水
多少年状元的荣耀依旧遍及喧哗人间
你的故居虽然破旧了些，尚可住人
庭院梧桐的紫花，在古代的黄昏静静地飘落
水井空洞，台阶空置，且听我一遍遍把木门拍响
龙川先生，如果方便，就请出来吧
请与我一见，请受我一拜
秋凉之际，可以菊花煮茶，磨墨填词
也可以饮小酒，听小曲
没有做完的学问，你可以借了山川河流来回答
或者，与我讲一讲，南宋那些旧事
讲一讲你的主义，你的浮生，我的困惑与不知所往
天下早已不是宋时，你尽可以不让明月，也不让东风

江南烟华录
——致周琦

这一刻，所步之处，鹤影惊鸿，万物之美
皆映照出前生影像
嘉园，佳人与旧客，何尝不是幻术
你来时看见败壁题诗，进士酒醒
传说中的梦莲而生，水中之水，月中之月
不过是春去秋来，反复地忆事怀人
进士死后，又一次重新轮回

自冰凉的流水重返繁华
故园,故里,故国,嘉树成蹊
故道通向廊檐曲折的幽径
故人亦怀抱暗伤,不明所以
有道是,山河在,抚琴的高士就在
隐遁的剑手就在,佳人就在
织丝为裳,舞红衣,步莲步,轻移慢转
也可纳箫入长袖,七个孔洞,密封着银环蛇的睡眠
楼台还是那座临水的,命运水到渠成
谁探出头来素面望月
谁就是那个脖颈细长的心仪之人
浮出水面的脸,是一张姣好的剪纸
溢出的部分,权且做了梦中的江南之好
颜色依旧,腰肢依旧,锦鳞绣羽依旧
你欲邀请那眉目相识的女子歌舞一曲
她自乌有中脱身,自虚拟中显形
而美总是需要次第打开和缓慢舒展的
宴乐止时,四下悄无一人
你忽而惊觉这明堂,这天井,这木兰小院如画中华庭
直到今日,直到多年以后
你留在原地,不断熄灭内心的灯盏
你看见墙壁上的锦绣,终断了仕途
书桌上墨迹凌乱,莲台非台,再一次映照出明心见性
你犹记得初见时的世界
那时白云山未老,氤氲之气再现了神仙的缥缈
舟楫,栏杆,女子的吟唱
如此地雨水般绵长,传奇中的东风与星相
终成为遗留人间的事物
你终回到原初,在庭院安步当车,婉转赞美

雨中登广济寺

一脚踏入寺门，就仿佛踏入了往生与轮回
为何经声也如秋雨冰凉，半壁石窟撑起的庙宇
要用怎样的虔诚，才能看清香火中诸神的面孔
石壁上自有菩萨显形，那慈悲之态隐隐约约
那僧舍也是时常漏雨
据说一只白鹤有九次轮回
一只长尾松鼠，常在午夜凝视画上的佛像
被放生的鱼群，已经幻化成人，从杭州赶来
在佛前双手合掌，跪拜上香
他们跟着皆缘师父诵经，吐出透明的水泡
身体在雨天散发出水族的气息

无人喝问我来此做甚
我曾端着人间的碗，任意南北，率性东西
多少次我从黑暗的夜晚中醒来
发现头上长的仍然是头发而不是野草
这是一件多么哀伤的事
现世里，我被称作诗人，嗅觉灵敏，却过于骄傲和孤独
就像一个世界，多余出来的部分

登上广济寺，为何心依旧是无所依附
碧落与黄泉，皆不是我想去的地方
众水之神，群山之上，洪荒之顶
那松林，那落日，那红丝带，不会再见了
人世的念想消散于无形
我知道我一低头，就会忘了全部
我一转身，今生就会变成前世

· 永　康

我想在塘里度过无用的一生

我有点喜欢现在，坐在简白的木桌前
除了紫桐花在眼前缓慢飘落
香樟树像洗干净的西蓝花
还有一种叫鸡血藤的植物
正在屋后的回廊下开出令人惊讶的花朵
这悬挂，这凝固，这不知疼痛的幻化之美
花开见血，封住了春天的喉
牛栏咖啡，爬满墙壁的青藤
藏着什么，这里，那里，处处柔软
竹匾上梅干菜散发出的味道，是出生前的记忆
尘世平静而自然
那些穿过流水，已然消失的事物
都保留在这个叫塘里的地方
一片竹林使得山坡更加倾斜
一座老房子的木窗使得落日更加长久和纯粹
女人用一下午的时间剥开豌豆
年轻人没有什么急事，就连鸡狗也表情闲散
它们像诗人一样出门觅食，寻欢
用一种婉约的步态走过悠长的诗巷
池塘中的大白鹅，用前世的目光看我
向我发出响亮的询问
除此之外，神喜欢在老旧的事物上停留
一些温暖的词，喜欢在不知名的植物上开出花朵
万物喜欢被风吹着，人们喜欢被阳光普照
我有点喜欢现在，无所事事，相看两忘
在塘里度过无用的一生，其实也没什么不可以

（原载《江南诗》2019年第3期）

张乾东

1981年出生，重庆巫山人，现在浙江永康工作。重庆市作协会员，中国诗歌学会会员。在《中国诗歌》《绿风》《诗刊》《星星》《诗选刊》《诗潮》《诗歌月刊》《星火》《浙江诗人》等多家报刊发表作品。出版有诗集和文集。

·永　康

故乡的芦花开了

故乡的芦花开了
大片大片的白很快盖过我的梦境

母亲走了，随着流水
回到她年少时做过梦的芦苇深处

爸爸的脚步，越来越蹒跚
已经拖不住芦花对故乡的眷念

芦花越来越白
河流越来越瘦

此刻，我在天地之间彷徨
此刻，哪里才是我的故乡

十万匹白马在天空奔跑
十万株芦苇在水岸起伏

守夜人

你喜欢将自己置于一条峡谷
喜欢并不完整的天空
还有转瞬即逝的鹰阵……

但你一直都匍匐着前进
坚硬的暗光
击退无以数计的高贵和灿烂

其实，出口并不太远
过于脆弱的往往是
比石头柔软的埋想

静止的峡谷一直在行走
峡谷里大多数人不过是在守望着
另一个素不相识的人的沧桑

故乡的花溪

把思念交给西风
走进溪流深处

时光留不住逝去的婉约，谁把
红尘，付于昨日的明月

此刻，那一朵朵贴近溪流的白云
多像我，年轻时没有珍惜的爱情

（原载《绿风》2020年第3期）

章锦水

字樵隐,1966年生。中国作协会员,浙江省作协诗创委委员,浙江省散文学会常务理事,永康市作协名誉主席。著有诗集《大和谐》《大地游走》。主编《石鼓留声》等文丛两部。作品在《诗刊》《星星》《诗江南》等刊物发表,入选各种年度选本。

永康风物（四首）

简·白

一位诗人说：简·白，多么美好，
有一种想恋爱的感觉。
简·白是一个人，或是一间民宿，
都有值得爱的地方，
值得诗意纠缠。

昨天，我破例赞美他的痴狂。
心有所动，万木向阳，
此刻的美，简单、明亮，不惹尘埃。
诗巷的足音，仿佛天上来，
干净、清脆，落到这小小的庭院。

透过布满阳光的几案，
我凝视野葵的花瓣。
我恍惚看见约克郡的勃朗特姐妹，
看见罗切斯特先生与他的等待。
简·爱，如果塘里就是那个庄园，
我想，你一定会有个妹妹叫：简白。

塘里的雪

雪，轻扬在塘里。
轻扬在这片闪着黑光的
游龙般的屋脊。

·永 康

轻扬在一步一步,仰之弥高的云雾阶梯。
轻扬在千秋阁千年未逝去的光阴里。
雪,于无声处而来,穿过昨夜的古吴梦境,
仿佛是一场旧时代的默片,在空蒙中上映。
雪,旋舞着一身雪白的裙裾,旷野之上,
任性,肆意,小小的傲娇,
风的长袖里,藏有水墨的江山
和秋波顾盼的塘里。
雪,那么柔。雪野的伫立有爱恋的憧憬,
有纯白的纯和纯白的白。
有海誓山盟的相偎相依。
雪,那么细。是竹径里的沙沙跫音,
是红灯笼暖光下斜飞的精灵。
雪,那么软。是诗歌巷里诗歌的谐韵,
是茶书房春雪煮茗的氤氲。
雪呀,塘里的雪。我在你的怀里抒写春心,
抒写手执书卷吟咏的祥谧。
岁月静好,我愿活在诗里,活在雪里,
愿在洁白中埋下小小的身躯,
只待东风,一夜将我的灵魂唤醒。

舟山岩宕

这一堆堆读不完的书,码在山野。
风吹千年,雨淋千年。

采石工说:这些石头写的书,
见风硬,见雨坚。
采石工还说,石头的命,自己的运。

从前,锤击的声音密集交响,
不同的山头,相同的频率,

在生计与苦难之间回荡。

今天，壁立千仞是铁打的江山。
一泓碧水是柔性的丹青。
废弃的采石场兀立如鹰，静谧、孤寂。

偶有游人的芒鞋木屐，
更多的臆测天之鬼斧神奇。
而我到此，还能读懂采石人的义胆侠心。

无须穿越，我见到石壁上高悬的身影。
石块与文字，一样的方形，
春秋笔法，钢钎与火药写下的纵横之计。

也无须唤醒。现在的沉默，
时间里的黄金。
我的肃然与敬畏，是黑白的内心
与硬朗的风景。

舟山古村

读一本好书，
古人沐浴更衣或焚香，
他们膜拜的是一种经典。
我亦常在书斋，虔诚地等待
哪怕一句话、一行字的豁然开示。
陁山，仿佛也是我等待的某个词，
古老，冷僻甚至曾被长久地遮蔽。
作为舟山的前世今生，
曾经遗忘在历史的江湖。
多少人活在这里，而不知身在何处。
内心的宝藏掩埋于尘埃。

而我终于来了。
我是濯过足的，洗过眼的。
我像圣岩上的鹰，目光如炬。
我的背囊里塞满过往的云烟
与现时的期许。
我不停歇的脚步与快门赛跑，
思想却紧盯方寸，半步难移。
面对一片老宅，我是否能心如明镜：
篆书的匾额隐藏多少的机锋？
公祠内演绎过多少的私密？
牛腿雀替琢雕的是故事还是光阴？
街、巷、弄的纵横，传说着什么隐喻？
古井、花桥与苔藓都扮演了什么角色？
一座城堡般的村庄，
注定是一个谜一样的城堡。
曾经乡人古贤躲过了一次次的劫掠，
裹藏着殷实的财富与经验，
终躲不过轰隆隆而至的流年。
我看见的青灰，看见的粉白，
看见的砖，看见的瓦，
巨大的浮华在一寸寸地斑驳或消失。
巨族名门亦已固化为一块游人的指示牌。
坑道深处，
流动的肯定不单是旧时的水，
还有无尽的隐秘和一代代人的传奇。
而我也不想走了。
旧屋檐下悬挂的冰凌，
虽不属于阳光下的天空，
却能滴落大地，完成水的恪守。
如果可能，我就做江心寺的千年庙祝，
点一支香，为古老的陑山祈福。

（原载《江南诗》2019年第3期）

朱惠英

网名山果果,金华市作协会员,永康市作协副秘书长,永康影视办特聘影评员。

· 永　康

惊蛰（四首）

回　家

柿子爬上屋檐，
坐在老树的枝上当了小橘灯。
顶头的小红果渐渐麻醉了山雀的舌头。
我用网兜套住了村庄尽头的那抹红色，
啪一声摔翻了蜜蜂酿的果园。
小女孩沾着一手笑靥，向古树奔来。
父亲的扁担一肩挑着竹筐，一手牵着夕阳。

野　花

一朵，一枝，一束。
你本生在田野。
轻轻折断，野花混进花篮。

念一岸清香，送清风一程。
我悄悄把心思放进花瓶，
尚留一本书的空白给你。

香水有毒，我徘徊于蜜蜂走过的路。
苦涩地纠结，一路狂野追随。
求一页白纸，恋上酒的文字。

走不回的欢笑迷失在青蛙的讨伐声中，
看不到头的窗外，留一个影子在忙。

惊 蛰

山和雾约会,桃花不放心,
正急急赶在路上。
染布的阿娟偷偷把颜料撒向田野,
油菜便有了黄,草有了绿,天空有了蓝。
小鸟衔着一封情书,站在江边柳枝上朗读。
我和几株空心菜一起,
谈稻草人落下的那条丝巾。

南溪湾的松树

几株青竹站在山脚,窃取城市的风声。
台阶由下而上纵坐。
山坡伏在裸露的草丛中等了一夜,
几声鸟鸣惊动了黎明。
千里之外,呼啸的马骑如雷搅动。

脚步在琴键竖起时才发现陡。
松针刺痛,剥落的树皮正在承受一场生死锤炼。
悲伤,露珠最懂。

当一棵树你必须有松的责任。
你的威猛和伟岸决定山的主体。

你活得像一幅地图。
蓝天,流水,翠绿,鸟语,
它们仰望每一个从你身边经过的生灵,
羡慕自由和漫无目的的一朵小花。

(原载《江南诗》2020年第4期)

后　记

　　柳絮如棉。转眼，又一年春至。读《诗经·采薇》，遥想三千年前的古人，是不是采薇采薇，也有这样片刻的忧思？诗歌作为一种文学呈现，很多时候是小的、倏忽的、边缘的，但似乎从未消逝过。

　　后疫之年，生活更多波折。诗歌于意义本身，依然是小的、边缘的、轻慢的，但我们曾经以此有过片刻的休憩和停顿，就像给喑哑的灯芯拨出光亮，给蒙尘的镜子擦除污渍，关照自己的内心，它是鲜活的、笼罩的，也是逃离现场的。

　　读诗，会有剥离出来的快乐。而选诗的过程，延长了这份纯粹的快乐。本年选立足金华诗群，包括本地诗人，在外的金华籍诗人、外地在金华的诗人，展现八婺诗人近两年诗歌创作风貌。选稿范围为正式发表的诗歌作品和正式出版的诗歌类专著：一是2019年1月1日—2020年12月31日在地区级（含）以上正式刊物（杂志、报纸）发表的诗歌作品，《浙江作家》《星河》《草堂》《中国诗歌》《中国诗人》等金华作家较为集中发表作品的刊物也作为入选范围。二是2019年—2020年正式出版社出版的诗歌类专著中选择的作品。与上一年选不同的是，本次编选分区域进行梳理，方便交流。

　　金华是具有2200年悠久历史的浙中古城，自古文脉斐然。近年来，经济发展强劲，特别下辖的义乌、东阳、永康等地，贸易外向度极高，但这并不影响作为文学大区保持着旺盛的创作动能。据粗略统计，活跃在省内外诗坛的诗人有三四十位，一直在创作中的诗人有七八十位。感谢金华市作家协会主席李英先生、著名诗人章锦水先生为选集写序，并对本次编选工作悉心指导和鼓励，感谢暖岩艺术中心对编选工作的大力支持，感谢各县市重要诗人组成的编辑团队不遗余力对本次编选工作的付出和努力，感谢诗人朋友们的关心和真诚建议。

  在纸媒式微的信息化时代，信息产业化，产业信息化，做一个选本显然需要足够的耐心。本年选历时一年，几次反复，以尽可能完备。然付梓之时，因编辑能力有限，总有遗珠之憾，在此深表歉意。恳请诗家、读者批评指正。

冰　水
2021年1月20日